Petits las
L A R

Collection J.
Agrégé des Lettres

MW00437171

100 Poèmes classiques et contemporains

Anthologie de la poésie française

Édition présentée, annotée et commentée
par Marion BAUDRILLER,
professeur certifié de lettres modernes

Direction de la collection : Carine Girac-Marinier

Direction éditoriale : Claude Nimmo

Édition : Laurent Girerd

Lecture-correction : Chantal Pagès, Henri Goldszal

Direction artistique : Uli Meindl

Couverture et maquette intérieure : Serge Cortesi, Uli Meindl, Sophie Rivoire

Mise en page : Monique Barnaud, Jouve Saran

Iconographie : Valérie Perrin

Responsable de fabrication : Marlène Delbeken

SOMMAIRE

Avant d'aborder les poèmes

8   Repères chronologiques
16   Pour mieux lire les poèmes

23   100 Poèmes classiques et contemporains

24   **Rutebeuf**
     « Ce sont amis que vent emporte »*[1]

27   **Christine de Pisan**
     « À qui dira-t-elle sa peine »

29   **Charles d'Orléans**
     « Le temps a laissé son manteau »*
     « Hiver, vous n'êtes qu'un vilain »

32   **François Villon**
     Ballade des dames du temps jadis
     Épitaphe Villon (ou « Ballade des pendus »)*

37   **François Rabelais**
     « La Dive Bouteille »

40   **Clément Marot**
     De soi-même
     De l'amour du siècle antique

42   **Maurice Scève**
     Délie

45   **Joachim Du Bellay**
     « Las ! Où est maintenant ce mépris de Fortune ? »
     « France, mère des arts, des armes et des lois »
     « Heureux qui, comme Ulysse, a fait un beau voyage »*
     « Marcher d'un grave pas, et d'un grave sourcil »

---

1. Les 25 poèmes signalés par un astérisque (*) font l'objet d'une étude (clefs d'analyse).

50 **Pierre de Ronsard**
« Mignonne, allons voir si la rose »*
« Rossignol mon mignon, qui par cette saulaie »
« Comme on voit sur la branche, au mois de mai, la rose »
« Quand vous serez bien vieille, au soir, à la chandelle »

56 **Louise Labé**
« Je vis, je meurs : je me brûle et me noie »*
« Tant que mes yeux pourront larmes épandre »

59 **Agrippa d'Aubigné**
« Je veux peindre la France une mère affligée »

61 **François de Malherbe**
« Beauté, mon beau souci, de qui l'âme incertaine »*

64 **Théophile de Viau**
Le Matin

67 **Marc Antoine de Saint-Amant**
Le Paresseux

69 **Pierre de Marbeuf**
« Et la mer et l'amour ont l'amer pour partage »

70 **Vincent Voiture**
La Belle Matineuse

71 **Jean de La Fontaine**
Le Loup et le Chien*
Le Chêne et le Roseau
Les Animaux malades de la peste*
Le Héron
Les Deux Pigeons

86 **Nicolas Boileau**
« L'Art d'écrire »*

90 **Voltaire**
« Ô malheureux mortels ! ô terre déplorable ! »

93 **Fabre d'Églantine**
L'Hospitalité (ou « Il pleut, il pleut, bergère »)

96 **Jean-Pierre Claris de Florian**
Le Vieux Arbre et le Jardinier*

99 **André Chénier**
La Jeune Captive*

103 **Marceline Desbordes-Valmore**
Les Roses de Saadi

104 **Alphonse de Lamartine**
Le Lac*
L'Isolement
L'Automne

112 **Alfred de Vigny**
La Mort du Loup*

116 **Victor Hugo**
« Ce siècle avait deux ans ! Rome remplaçait Sparte »
« Puisque j'ai mis ma lèvre à ta coupe encor pleine »
« Demain, dès l'aube, à l'heure où blanchit la campagne »*
La Conscience
Saison des semailles. Le soir

127 **Gérard de Nerval**
Fantaisie
El Desdichado

130 **Alfred de Musset**
Ballade à la lune
La Nuit de décembre

137 **Théophile Gautier**
L'Art

140 **Leconte de Lisle**
Le Manchy

143 **Charles Baudelaire**
L'Albatros*
Les Bijoux
La Chevelure
L'Invitation au voyage
Spleen

153 **Théodore de Banville**
« Nous n'irons plus au bois, les lauriers sont coupés »

154 **Jean-Baptiste Clément**
Le Temps des cerises

156 **José Maria de Heredia**
Le Récif de corail

157 **Charles Cros**
« J'ai rêvé les amours divins »

158 **Stéphane Mallarmé**
Le Tombeau d'Edgar Poe
Brise marine
Apparition

161 **Paul Verlaine**
Mon rêve familier
« Il pleure dans mon cœur »
Chanson d'automne
« Le ciel est, par-dessus le toit »
Art poétique*

167 **Tristan Corbière**
Rondel

168 **Arthur Rimbaud**
Roman
Ma bohème (Fantaisie)
Le Dormeur du val*
Voyelles

175 **Émile Verhaeren**
La Ville

180 **Jules Laforgue**
Dimanches

182 **Paul-Jean Toulet**
En Arles

183 **Paul Claudel**
L'Esprit de l'eau

185 **Francis Jammes**
Prière pour aller au Paradis avec les ânes

187 **Paul Valéry**
Les Grenades

188 **Charles Péguy**
Châteaux de Loire

190 **Max Jacob**
Une de mes journées*

192 **Anna de Noailles**
L'Empreinte

194 **Guillaume Apollinaire**
Le Pont Mirabeau
L'Oiseau et le bouquet*

198 **Jules Supervielle**
Le Matin du monde

200 **Saint-John Perse**
« C'étaient de très grands vents »

202 **Blaise Cendrars**
Tu es plus belle que le ciel et la mer

204 **Paul Éluard**
« La terre est bleue comme une orange »

205 **André Breton**
L'Union libre

208 **Louis Aragon**
La Rose et le réséda*
Il n'y a pas d'amour heureux

214 **Francis Ponge**
Le Cageot*

216 **Henri Michaux**
Le Grand Combat*

219 **Robert Desnos**
« Notre paire quiète, ô yeux ! »

220 **Jacques Prévert**
Pour faire le portrait d'un oiseau
Les Feuilles mortes*

225 **Léopold Sédar Senghor**
Femme noire

227 **René Char**
L'Adolescent souffleté

228 **Aimé Césaire**
« Et moi, et moi »*

232 **Avez-vous bien lu ?**

Pour approfondir

240 Thèmes et prolongements
246 Vers le brevet
252 Outils de lecture
254 Bibliographie et discographie

Repères chronologiques

Poètes et œuvres	Événements politiques et culturels

Poètes et œuvres

1260-1262
Rutebeuf : *La Complainte Rutebeuf*.

1402
Christine de Pisan : *Ballades du veuvage*.

Vers 1450
Charles d'Orléans : *Rondeaux*.

1489
François Villon : *Œuvres*.

Événements politiques et culturels

1226-1270
Règne de Saint Louis.

1285-1314
Règne de Philippe IV le Bel.

1337
Début de la guerre de Cent Ans.

1380
Mort de Du Guesclin ; règne de Charles VI.

1415
Bataille d'Azincourt ; début de la captivité de Charles d'Orléans en Angleterre (jusqu'en 1440).

1422
Mort de Charles VI.

1429-1431
Sacre de Charles VII ; intervention de Jeanne d'Arc.

1450-1454
Gutenberg met au point l'imprimerie.

1453
Fin de la guerre de Cent Ans.

1461-1483
Louis XI achève l'unification du royaume de France.

1483-1498
Règne de Charles VIII.

1492
Christophe Colomb découvre l'Amérique.

1503
Léonard de Vinci commence à peindre *La Joconde*.

1515
Avènement de François Ier ; bataille de Marignan ; Léonard de Vinci vient travailler en France l'année suivante.

1517
Publication des thèses de Luther.

Poètes et œuvres

1538
Clément Marot : *Œuvres*.

1544
Maurice Scève : *Délie, objet de la plus haute vertu*.

1549
Joachim Du Bellay : *Défense et illustration de la langue française*.

1552
Pierre de Ronsard : *Les Amours de Cassandre*.

1555
Pierre de Ronsard : *Continuation des Amours*.
Louise Labé : *Sonnets*.

1558
Joachim Du Bellay : *Les Antiquités de Rome* et *Les Regrets*.

1564
François Rabelais : *Cinquième Livre* (dans lequel se trouve la « Dive Bouteille »).

1578
Pierre de Ronsard : *Sonnets pour Hélène*.

Événements politiques et culturels

1534
Premières persécutions contre les protestants.

1539
Ordonnance de Villers-Cotterêts : le français remplace le latin dans les actes administratifs.

1545
Début du concile de Trente ; mise en place de la Contre-Réforme.

1547
Mort de François Ier ; Henri II lui succède.

1560
Avènement de Charles IX.

1562
Massacre de Wassy : début des guerres de Religion.

1572
Massacre de la Saint-Barthélemy.

1574-1589
Règne d'Henri III.

1594
Sacre d'Henri IV.

1598
Édit de Nantes : fin des guerres de Religion.

1610
Assassinat d'Henri IV.

Repères chronologiques

Poètes et œuvres	Événements politiques et culturels

Poètes et œuvres

Événements politiques et culturels

1610-1617
Régence de Marie de Médicis.

1616
Agrippa d'Aubigné : *Les Tragiques*.

1617-1643
Règne de Louis XIII.

1618-1648
Guerre de Trente Ans.

1624-1642
Richelieu ministre.

1625
Théophile de Viau : *Recueil*.

1628
Pierre de Marbeuf : *Recueil de vers*.

1629
Marc Antoine de Saint-Amant :
Œuvres.

1630
François de Malherbe : *Œuvres*.

1635
Fondation de l'Académie française.

1643-1661
Régence d'Anne d'Autriche ;
Mazarin, premier ministre.

1648-1653
La Fronde.

1649
Vincent Voiture : *Œuvres*.

1661-1715
Règne de Louis XIV.

1661
Début des travaux à Versailles :
transformation d'un rendez-vous de
chasse en château.

1668
**Jean de La Fontaine : *Fables*, livres
I à VI. Les livres VII à XI suivront en
1678-1679, et le livre XII en 1694.**

1674
Nicolas Boileau : *Art poétique*.

1685
Révocation de l'édit de Nantes.

1687-1717
**Querelle des Anciens et
des Modernes.**

1715
Mort de Louis XIV.

1715-1723
La Régence.

1723-1774
Règne de Louis XV.

Poètes et œuvres	Événements politiques et culturels
	1751-1772 **Parution de l'*Encyclopédie ou Dictionnaire raisonné des sciences, des arts et des métiers*.**
1756 Voltaire : *Poème sur le désastre de Lisbonne*.	**1774** Avènement de Louis XVI.
	1789 **Début de la Révolution française.**
1780 Fabre d'Églantine : *L'Hospitalité*.	**1792** Proclamation de la Ire République par la Convention.
1792 Jean-Pierre Claris de Florian : *Fables*.	
1794 André Chénier : *Dernières Poésies*.	**1795** Installation du Directoire.
	1799 Coup d'État du 18 Brumaire ; installation du Consulat.
	1804-1814 Premier Empire.
	1814-1815 Chute de Napoléon Ier. Première Restauration (Louis XVIII).
	1815 Cent-Jours ; défaite de Napoléon à Waterloo. Début de la seconde Restauration.
	1815-1824 Règne de Louis XVIII.
1820 Marceline Desbordes-Valmore : *Poésies*. **Alphonse de Lamartine : *Méditations poétiques*.**	**1824-1830** Règne de Charles X.
1829-1830 Alfred de Musset : *Contes d'Espagne et d'Italie*.	
1831 Victor Hugo : *Les Feuilles d'automne*.	**1830** **Bataille d'*Hernani* (Hugo).** Chute de Charles X : journées révolutionnaires dites des Trois Glorieuses. Début de la monarchie de Juillet (Louis-Philippe Ier). Eugène Delacroix peint *La Liberté guidant le peuple*.
1835 Victor Hugo : *Les Chants du crépuscule*. Alfred de Musset : *La Nuit de décembre* (publié en 1840).	

Repères chronologiques

Poètes et œuvres	Événements politiques et culturels

1838
Alfred de Vigny : « La Mort du Loup », repris dans *Destinées* en 1864.

1846
Théodore de Banville : *Les Stalactites*.

1848
Révolution de février ; chute de Louis-Philippe.
Début de la IIe République.
Louis Napoléon Bonaparte élu président de la République.

1851-1852
Coup d'État de Louis Napoléon Bonaparte.
Début du second Empire (Napoléon III).

1852
Théophile Gautier : *Émaux et Camées*.

1852-1853
Gérard de Nerval : *Odelettes*.

1854
Gérard de Nerval : *Les Chimères*.

1856
Victor Hugo : *Les Contemplations*.

1857
Charles Baudelaire : *Les Fleurs du mal*.

1857
Procès des *Fleurs du mal* et de *Madame Bovary* (Flaubert).

1859-1883
Victor Hugo : *La Légende des siècles*.

1862
Leconte de Lisle : *Poèmes barbares*.

1865
Victor Hugo : *Les Chansons des rues et des bois*.

1866
Jean-Baptiste Clément : « Le Temps des cerises ».
Paul Verlaine : *Poèmes saturniens*.

1870-1871
Arthur Rimbaud : *Poésies*.

1870
Guerre franco-prussienne.
Abdication de Napoléon III.
Début de la IIIe République.

1871
Commune de Paris.

Repères chronologiques

Poètes et œuvres	Événements politiques et culturels

1872
Claude Monet peint *Impression, soleil levant*.

1873
Charles Cros : *Le Coffret de santal*.
Tristan Corbière : *Les Amours jaunes*.
Arthur Rimbaud : *Une saison en enfer*.

1874
Paul Verlaine : *Romances sans paroles*.

1881
Paul Verlaine : *Sagesse*.

1884
Paul Verlaine : *Jadis et Naguère*.

1889
Inauguration de la tour Eiffel.

1890
Jules Laforgue : *Des fleurs de bonne volonté* (posthume).

1893
José Maria de Heredia : *Les Trophées*.
Émile Verhaeren : *Les Campagnes hallucinées*.

1894-1906
Affaire Dreyfus.

1895
Naissance du cinéma.

1899
Stéphane Mallarmé : *Poésies*.

1900
Exposition universelle de Paris.

1901
Francis Jammes : *Le Deuil des primevères*.
Anna de Noailles : *Le Cœur innombrable*.

1905
Séparation de l'Église et de l'État.

1910
Paul Claudel : *Cinq Grandes Odes*.

1912
Charles Péguy : *Œuvres poétiques complètes*.

1913
Guillaume Apollinaire : *Alcools*.

1914
Assassinat de Jean Jaurès.

1914-1918
Première Guerre mondiale.

1917
Max Jacob : *Le Cornet à dés*.

Repères chronologiques

Poètes et œuvres

1918
Guillaume Apollinaire :
Calligrammes.

1921
Paul-Jean Toulet : *Les Contrerimes*
(posthume).

1922
Paul Valéry : *Charmes*.

1923
André Breton : *Clair de terre*.

1924
André Breton : *Manifeste du
surréalisme*.
Blaise Cendrars : *Feuilles de route*
(première publication).

1925
Jules Supervielle : *Gravitations*.

1926
Paul Éluard : *Capitale de la douleur*.

1929
Paul Éluard : *L'Amour la poésie*.

1930
Robert Desnos : *Corps et biens*.

1939
Aimé Césaire : *Cahier d'un
retour au pays natal* (première
publication).

1942
Francis Ponge : *Le Parti pris des
choses*.

1944
Henri Michaux : *L'Espace du
dedans*.

1945
Louis Aragon : *La Diane française*.
Léopold Sédar Senghor : *Chants
d'ombre*.

Événements politiques et culturels

1916
Bataille de Verdun.
Pablo Picasso expose *Les
Demoiselles d'Avignon* (exécuté en
1906-1907).

1929
Crise économique.

1939-1945
Seconde Guerre mondiale.

1940
Défaite de la France ;
gouvernement de Vichy ; appel du
général de Gaulle.

1944
Débarquement des Alliés en
Normandie.

Poètes et œuvres	Événements politiques et culturels
1946 Saint-John Perse : *Vents*. **Jacques Prévert : *Paroles*.**	**1946-1958** IVe République.
1947 Jacques Prévert : *D'autres chansons*.	**1946-1954** Guerre d'Indochine.
1950 René Char : *Les Matinaux*.	

Poètes et œuvres

1946
Saint-John Perse : *Vents*.
Jacques Prévert : *Paroles*.

1947
Jacques Prévert : *D'autres chansons*.

1950
René Char : *Les Matinaux*.

1959
Jacques Brel chante « Ne me quitte pas ».

1961
Raymond Queneau : *Cent Mille Milliards de poèmes*.

1970
Léo Ferré chante « Avec le temps ».

1974
Philippe Jaccottet : *À la lumière d'hiver*.

1986
Jacques Roubaud : *Quelque chose noir*.

1989
Eugène Guillevic : *Art poétique*.

1998
Alain Bashung chante « La nuit je mens ».

2001
Yves Bonnefoy : *Les Planches courbes*.

Événements politiques et culturels

1946-1958
IVe République.

1946-1954
Guerre d'Indochine.

1954-1962
Guerre d'Algérie.

1956-1960
Décolonisation de l'Afrique noire.

1958
Début de la Ve République.

1960
Fondation de l'Oulipo.
Saint-John Perse reçoit le prix Nobel de littérature.

1968
Grandes manifestations étudiantes et ouvrières.

1969
Premiers pas de l'homme sur la Lune.

1989
Chute du mur de Berlin.

1991
Le Web devient public. Début de la révolution Internet.

Pour mieux lire les poèmes

✤ La poésie ou l'impossible définition

Qu'est-ce qui permet de faire se côtoyer dans une anthologie les vers de Rutebeuf, vieux de huit siècles, et ceux d'Aimé Césaire, mort en 2008, de rassembler sous une unique bannière un chant d'amour de Louise Labé et l'évocation du petit « Cageot » de Francis Ponge, les vers rimés de Jean de La Fontaine et la prose de René Char ?

Qu'est-ce, en somme, que la poésie ? « Bien savant qui le dira », répondait Georges Pompidou au seuil de son anthologie.

Peut-être y a-t-il autant de définitions de la poésie que de poètes...

La réduire à une suite de vers qui riment ensemble est à la fois vrai mais dépassé, indéniable mais réducteur. Émile Littré définissait la poésie comme l'ensemble des « qualités qui caractérisent les bons vers, et qui peuvent se trouver ailleurs que dans les vers[1] ». Ainsi, la poésie est traditionnellement liée au vers, mais non pas à *tous* les vers, et non pas *seulement* au vers... Chercher la définition de la poésie dans l'infinie diversité de ses formes mène à une impasse.

La poésie est d'abord une façon d'appréhender le langage. « Les poètes sont des hommes qui refusent d'*utiliser* le langage », écrit Jean-Paul Sartre[2]. Pour l'immense majorité d'entre nous, au contraire, le langage est un outil que nous utilisons pour nous exprimer. Lorsque nous parlons, nous ne nous arrêtons pas (ou si peu) à la matière des mots que nous employons. Nous passons à travers les mots, à la recherche de l'efficacité de notre message. Est poète celui qui s'arrête sur la matière des mots : la sonorité, les effets rythmiques, et même la forme graphique. Avec les mots de tous, ceux de l'usage quotidien, le poète crée sa propre langue, celle qui traduira au mieux la façon dont il ressent le monde qui l'entoure et le contient.

---

1. É. Littré, *Dictionnaire de la langue française*, 1863.
2. J.-P. Sartre, *Qu'est-ce que la littérature ?*, 1948.

❖ Histoire de la poésie française

Le Moyen Âge

Vouloir dater la naissance de la poésie de langue française revient à monter dans un train en marche. D'une part, notre langue est le fruit d'une constante évolution du latin vulgaire vers le français, via la multitude des langues d'oïl. D'autre part, comme l'écrit Jean Rousselot, « des poèmes, à coup sûr, il s'en composa bien avant qu'il ne fût question de coucher sur le parchemin quoi que ce fût[1] ». Tout au plus peut-on dater le plus ancien manuscrit poétique dont nous disposons : la *Cantilène de sainte Eulalie*, écrite en ancien français vers 880.

Rutebeuf, l'un des premiers poètes de notre langue, est déjà un héritier. Né au XIIIe siècle, ce trouvère du Nord, s'exprimant en langue d'oïl, s'inscrit dans la lignée des troubadours du Sud[2] qui, dès le XIIe siècle, composent des chansons courtoises[3]. Héritier de la poésie lyrique occitane, il innove pourtant en rompant avec l'idéologie courtoise très codifiée pour lui substituer un lyrisme plus personnel.

Les XIVe et XVe siècles sont marqués par deux phénomènes : la distinction entre poésie et musique d'une part, l'essor de nouvelles formes fixes (ballades, rondeaux...) d'autre part. Christine de Pisan s'empare de ces formes contraignantes pour y exprimer la douleur de son veuvage ; Charles d'Orléans, le triste prince poète, fait du rondeau son espace de prédilection, tandis que François Villon crée dans ses ballades le mythe du poète voyou.

La seconde moitié du XVe siècle voit naître la première école littéraire, celle dite « des grands rhétoriqueurs ». Ces poètes de cours princières ou royales louent leurs bienfaiteurs tout en explorant les ressources de la langue dans une exceptionnelle virtuosité formelle.

---

1. J. Rousselot, *Histoire de la poésie française*, 1976.
2. Ceux-ci s'expriment en langue d'oc.
3. La poésie courtoise repose sur la *fin'amor*, sentiment d'adoration et d'humilité que le poète éprouve pour sa dame inaccessible.

Pour mieux lire les poèmes

La Renaissance

Si Clément Marot est d'abord influencé par les grands rhétoriqueurs[1], il s'en éloigne progressivement pour une expression plus
sincère. Le grand apport de Marot, parti en Italie faire oublier ses
sympathies pour la Réforme, est d'avoir importé en France une
forme fixe nouvelle dont les poètes français vont durablement
s'éprendre : le sonnet. L'influence de la Renaissance italienne se
fait sentir également, dans les années 1540, chez les membres de
l'école lyonnaise, Maurice Scève et Louise Labé notamment, qui imi-
tent le célèbre *Canzoniere* (1470) du poète Pétrarque.

C'est à la fin des années 1540, à Paris, que naît la plus grande révolution littéraire du siècle : la Pléiade[2]. Le collège de Coqueret, dirigé
par l'humaniste Jean Dorat, compte parmi ses étudiants Joachim
Du Bellay et Pierre de Ronsard, pétris de culture gréco-latine et
résolument tournés vers l'Italie. Désireux de donner à la France une
tradition littéraire, Du Bellay prône, dans son manifeste *Défense et
illustration de la langue française* (1549), l'imitation des lettres de
l'Antiquité sublimées par une langue française enrichie. Le groupe
condamne les anciennes formes médiévales pour imposer les canons
antiques (l'épopée, l'ode, l'hymne) et italien (le sonnet). Mais loin de
pratiquer une poésie qui ne ferait qu'illustrer des concepts et appliquer à la lettre un manifeste, Ronsard et Du Bellay vont développer,
chacun à sa façon, une œuvre profondément personnelle.

Malgré l'éclat de la Pléiade, le ciel s'assombrit pourtant : la fin du
XVIᵉ siècle est le théâtre de profondes angoisses, liées à la fois aux
guerres de Religion qui ensanglantent la France et au développe-
ment des thèses de Copernic qui remettent la Terre et l'homme à
leur juste place dans un univers démesuré. Cette inquiétude face à
l'instabilité du monde donne naissance à une esthétique nouvelle,
le baroque, qui imprègne tous les arts.

---

1. Son père, Jean Marot, est l'un des représentants de ce groupe.
2. Comme la constellation du même nom qui compte sept étoiles, le groupe de la
   Pléiade compte sept membres : Ronsard, Du Bellay, Peletier du Mans, Belleau,
   Baïf, Pontus de Tyard, Jodelle.

L'âge classique

Le baroque littéraire se caractérise par une écriture du contraste et du mouvement, une fascination pour l'instabilité, la fuite du temps et la mort. Ces chatoiements baroques se reflètent dans l'œuvre sombre et violente d'Agrippa d'Aubigné, dans la poésie galante de Pierre de Marbeuf, dans l'écriture volontiers libertine de Théophile de Viau ou de Marc Antoine de Saint-Amant.

Le nom de Vincent Voiture est associé à l'esthétique mondaine de la préciosité qui régnait dans le salon de l'hôtel de Rambouillet. Les précieuses prônaient l'élégance du beau langage, le raffinement, la recherche et la subtilité des métaphores dont Molière donne un aperçu outré dans *Les Précieuses ridicules* (1659).

« Enfin Malherbe vint... » Ce célèbre hémistiche de Nicolas Boileau montre à quel point l'œuvre de François de Malherbe bouleversa le paysage poétique français. Épris de rigueur et de précision, adepte d'une langue claire, pure, sans artifice, il fonde en poésie les canons de l'esthétique classique : l'équilibre, la grâce et le sublime. Le classicisme est également une éthique de l'« honnête homme », un ensemble de codifications morales dont Jean de La Fontaine se fait le chantre dans ses célèbres *Fables*. Plaire et instruire sont les maîtres mots de son œuvre.

Les dramaturges Pierre Corneille et Jean Racine ne figurent pas dans ce recueil, mais un panorama sur la poésie classique, aussi concis soit-il, ne saurait ignorer ceux qui portèrent le vers au summum de la perfection.

Enfin Nicolas Boileau, par son engagement dans la querelle des Anciens et des Modernes (1687-1717) – comme porte-parole des premiers –, témoigne d'une époque en pleine mutation, déchirée entre respect des sources antiques et attrait pour la pensée moderne et scientifique. Le philosophe va alors supplanter le poète, pour un temps.

Le siècle des Lumières

Le XVIIIe siècle apparaît comme une période peu favorable à la création poétique. L'histoire littéraire n'a en effet retenu que quelques

Pour mieux lire les poèmes

poètes dans un siècle riche en débats philosophiques, sociaux, politiques et scientifiques. La Révolution française se prépare ; la poésie semble secondaire.

Voltaire, l'illustre philosophe et conteur, se soucie pourtant de poésie, tout comme Fabre d'Églantine ou le fabuliste Jean-Pierre Claris de Florian. À la fin du siècle, André Chénier renoue avec la tradition lyrique et annonce le séisme romantique imminent.

Vers la modernité

Le XIXᵉ siècle marque une renaissance lyrique et poétique. La révolution romantique des années 1820, emmenée par Alphonse de Lamartine, Alfred de Vigny, Victor Hugo et Alfred de Musset, donne à la poésie un visage nouveau. Le « je » se réaffirme, ses grandes passions et les élans du cœur ne sont plus soupçonnés d'obscénité, et le vers s'assouplit et se libère de ses carcans classiques. Déjà malmené par Marceline Desbordes-Valmore qui, la première, ose un impensable vers de onze syllabes, l'alexandrin s'apprête à subir ses premières remises en cause. Influencé par le romantisme, Gérard de Nerval a pourtant une place à part : menacé par une folie dont il est conscient, il transcrit par le vers les rêves qui le hantent.

Un temps proche du cénacle des romantiques, Théophile Gautier formule dans les années 1850 la théorie de « l'art pour l'art » du Parnasse. À ses côtés, Leconte de Lisle, Théodore de Banville ou José Maria de Heredia vouent un culte à la forme et à la Beauté. Loin de l'expression lyrique ou de l'engagement chers aux romantiques, la poésie n'est au service de rien d'autre que de l'art.

À mi-chemin entre le vague à l'âme romantique et la rigueur formelle du Parnasse se trouve Baudelaire, qui inaugure la poésie moderne. Rimbaud dira de lui qu'il fut « le premier voyant », celui qui entreprit, grâce à l'imagination, de transcender la laideur du monde, de transformer la misère humaine en beauté, de déchiffrer les correspondances entre le réel sensible et un monde « surréel », mystérieux, idéal. Il ne s'agit plus d'exprimer le monde visible en le copiant, mais de suggérer par le langage l'effet qu'il produit.

Pour mieux lire les poèmes

Les poètes symbolistes que sont Paul Verlaine, Arthur Rimbaud et Stéphane Mallarmé, mais aussi Charles Cros et Tristan Corbière, salueront en Baudelaire un maître et un précurseur du symbolisme. En recourant au vers libre, Émile Verhaeren, Jules Laforgue ou Francis Jammes achèvent, quant à eux, la dislocation du vers prônée par les romantiques, mais amorcée véritablement par Verlaine et Rimbaud.

L'époque contemporaine

Le début du XXe siècle voit fleurir une profusion d'écritures poétiques. Quelques écoles (celle de la *Revue fantaisiste*, par exemple, groupée autour de Paul-Jean Toulet) côtoient des voix singulières. Chez Anna de Noailles résonnent les notes d'un romantisme tardif. Paul Valéry, héritier du symbolisme et admirateur de Mallarmé, s'impose la contrainte de la versification classique quand d'autres, déjà, s'en affranchissent. Le verset d'inspiration biblique de Paul Claudel et la poésie exaltée et mystique de Charles Péguy sont contemporains des poèmes en prose burlesques et décousus de Max Jacob, tandis que Blaise Cendrars, résolument tourné vers le progrès, chante la vie moderne, les bars, la machine, la vitesse. L'œuvre de Guillaume Apollinaire concentre à elle seule cette poétique de « l'entre-deux » : oscillation entre deux siècles, entre tradition lyrique et esthétique nouvelle (le renoncement à la ponctuation et le calligramme en sont les manifestations les plus spectaculaires), déchirement entre refus du temps qui fuit et désir d'avenir.

L'entre-deux-guerres donne naissance au mouvement le plus marquant du siècle : le surréalisme. André Breton en pose les fondements dans le *Manifeste* de 1924, et s'entoure notamment de Louis Aragon, Paul Éluard et Robert Desnos. Le surréalisme a pour ambition de « changer la vie » et entend libérer, par l'écriture automatique, la force subversive contenue dans les désirs inconscients et le rêve, en dehors de tout contrôle de la raison et des convenances, sans souci ni de réalisme ni de syntaxe.

Cette expérience tumultueuse se double, lorsque survient la Seconde Guerre mondiale, d'un engagement dans la Résistance.

Pour mieux lire les poèmes

« Changer la vie », c'est joindre l'action à la poésie : aussi Éluard, Aragon, Desnos (de même que René Char et Francis Ponge), entrent-ils en clandestinité.

Plus encore qu'au début du siècle, les trajectoires des poètes s'individualisent après 1945. Se déploient alors les œuvres concises et énigmatiques de René Char, la poésie lyrique et simple de Jules Supervielle, l'exploration intérieure d'Henri Michaux. Saint-John Perse recrée le lien entre l'homme et le cosmos, tandis que Francis Ponge interroge le rapport entre le mot et la chose.

L'après-guerre est aussi marqué par la réflexion sur la négritude, portée par le Sénégalais Léopold Sédar Senghor et le Martiniquais Aimé Césaire. Militants anticolonialistes mais aussi grands poètes, tous deux réhabilitent l'homme noir asservi par quatre siècles de domination européenne.

Il est une autre voie dans laquelle les poètes contemporains s'engagent avec bonheur : celle du jeu avec la langue. Jacques Prévert concilie poésie, humour, jeu de mots et simplicité. Le jeu devient même principe créateur de poésie lorsqu'en 1960 Raymond Queneau et François Le Lionnais fondent l'Oulipo (OUvroir de LIttérature POtentielle). La poésie naît d'une contrainte imposée a priori. En jaillit ce qui jaillit, né du hasard.

Le train poétique que nous avions pris en marche, quelque part au temps des trouvères du XIIIᵉ siècle, ne s'est pas pour autant arrêté pour qu'on en descende. La poésie est toujours vivante, comme en témoignent les œuvres de Philippe Jaccottet, d'Yves Bonnefoy, de Jacques Roubaud ou de Guy Goffette. Elle semble très différente de celle des trouvères... Et pourtant, la poésie des XXᵉ et XXIᵉ siècles pourrait avoir renoué avec ses origines lyriques, au sens étymologique du terme. En effet parmi les poètes majeurs de notre temps figurent aussi Jacques Brel, Georges Brassens, Léo Ferré, Serge Gainsbourg ou encore, plus près de nous, Alain Bashung.

100 Poèmes classiques et contemporains

Anthologie de la poésie française

Rutebeuf
(XIIIᵉ siècle)

On ne connaît de la vie de Rutebeuf que ce que ses poèmes autobiographiques disent de lui. Né en Champagne, en pays d'oïl, sans doute avant 1230, il exerce à Paris ses talents de trouvère et de jongleur, et il peine à en vivre. Son œuvre, très personnelle, se démarque des codes et des conventions de la poésie courtoise héritée des troubadours du pays d'oc. Il meurt dans les années 1280, laissant derrière lui des poèmes religieux, des vers satiriques et cette célèbre complainte...

« Ce sont amis que vent emporte »

Les maux[1] ne savent venir isolément[2] :
Il fallait que tout cela m'arrivât,
    Et c'est arrivé.
Que sont devenus mes amis,
  5 Avec qui j'étais si intime
    Et que j'avais tant aimés ?
Je crois qu'ils sont trop clairsemés[3] :
Ils ne furent pas bien fumés[4],
    Alors ils m'ont fait défaut[5].
 10 Ces amis-là m'ont mal traité,
Car jamais, tant que Dieu m'affligea[6]

---

1. **Maux :** pluriel du nom « mal ».
2. **Isolément :** séparément.
3. **Clairsemés :** éparpillés, dispersés.
4. **Fumés :** enrichis de fumier ; ici, au sens abstrait de « conservés par des relations amicales suivies ».
5. **Fait défaut :** abandonné, délaissé.
6. **Affligea :** tourmenta.

En mainte manière[1],
Je n'en vis un seul en ma demeure.
Je crois que le vent me les a enlevés.
15   L'amitié est morte :
Ce sont amis que vent emporte,
Et il ventait devant ma porte :
    Aussi (le vent) les emporta.

La Complainte Rutebeuf, vers 107-124, 1260-1262.
Traduction © Éditions Bordas (*Moyen Âge,* coll. Lagarde et Michard), 1948.

---

1. **En mainte manière :** de nombreuses façons.

Clefs d'analyse

Genre ou thèmes

1. Aux v. 7 et 8 : comment le mot « clairsemés » est-il formé ?
   À quel champ lexical appartient-il ? Trouvez un autre terme
   appartenant au même champ lexical. Quelle figure de style
   repérez-vous dans ces deux vers ? À quoi les amis du poète sont-
   ils implicitement comparés ? Quelle caractéristique de l'amitié
   cette image met-elle en évidence ?

2. Que symbolise le vent aux v. 14 à 18 ? En quoi cette métaphore
   prolonge-t-elle celle des v. 7 et 8 ?

3. Quels sont les sentiments du poète à l'égard de ses amis ? Que leur
   reproche-t-il ? Justifiez votre réponse par une citation du poème.

4. Parmi les trois proverbes suivants, choisissez celui qui résume ce
   poème : avoir beaucoup d'amis, c'est n'avoir pas d'amis ; c'est
   dans le malheur qu'on compte ses vrais amis ; qui aime bien
   châtie bien.

Langue

5. a. Voici trois strophes du poème original, en ancien français.
   Quels mots reconnaissez-vous ?

   Je cuit qu'il sunt trop cleir semei :
   Il ne furent pas bien femei,
   *   Si sunt failli.*
   Iteil ami m'ont mal bailli,
   C'onques, tant com Diex m'assailli
   *   En maint costei,*
   N'en vi un soul en mon ostei :
   Je cui li vens les m'at ostei,
   *   L'amours est morte...*

   b. Observez les mètres utilisés et la structure des rimes.

✳ À retenir

Une **complainte** est un poème **lyrique** à la tonalité triste
et **plaintive**. Rutebeuf, trouvère désargenté – c'est là la
cause de tous ses maux –, déplore l'inconstance de ses
anciens amis à travers la métaphore filée de la semence
envolée avec la bourrasque.

Christine de Pisan
(1363–1430)

Vénitienne de naissance, Christine de Pisan est élevée en France. En effet, son père est l'astrologue et le conseiller du roi Charles V. À l'âge de vingt-cinq ans, elle perd son mari bien-aimé et doit assumer seule la charge de ses trois enfants. Érudite et lettrée, la jeune veuve entreprend de vivre de sa plume. Loin de n'être qu'un gagne-pain, ses vers vont lui permettre de combler sa solitude et de dissiper son chagrin.

À qui dira-t-elle sa peine,
La fille qui n'a point d'ami[1] ?

La fille qui n'a point d'ami,
Comment vit-elle ?
5 Elle ne dort jour ni demi[2]
Mais toujours veille.
Ce fait amour qui la réveille
Et qui la garde[3] de dormir.

À qui dit-elle sa pensée,
10 La fille qui n'a point d'ami ?

Il y en a bien qui en ont deux,
Deux, trois ou quatre,
Mais je n'en ai pas un tout seul
Pour moi ébattre[4].
15 Hélas ! mon joli temps se passe.
Mon téton[5] commence à mollir.

---

1. **Ami :** amant.
2. **Jour ni demi :** jamais, pas un seul jour.
3. **La garde de :** l'empêche de.
4. **Moi ébattre :** me divertir, batifoler.
5. **Téton :** sein.

À qui dit-elle sa pensée,
La fille qui n'a point d'ami ?

J'ai le vouloir si très humain
20 Et tel courage
Que plus tôt anuit[1] que demain
En mon jeune âge
J'aimerais mieux mourir de rage
Que de vivre en un tel ennui.

25 À qui dit-elle sa pensée,
La fille qui n'a point d'ami ?

Ballades du veuvage, in *Poésies*, 1402.
Adaptation orthographique Larousse.

---

1. **Anuit :** ce soir, cette nuit.

Charles d'Orléans
(1394-1465)

La vie de Charles d'Orléans, neveu du roi Charles VI, est une succession de déchirures. En raison de l'assassinat de son père, il est impliqué très jeune dans la guerre civile entre Armagnacs et Bourguignons. Lors de la bataille d'Azincourt, en 1415, il est capturé par les Anglais qui le gardent en otage pendant vingt-cinq ans. Après sa libération, il se retire dans son château de Blois et se consacre à la poésie. Ses vers sont empreints d'une morne mélancolie que l'on appelle le *nonchaloir*.

Le temps a laissé son manteau
De vent, de froidure et de pluie,
Et s'est vêtu de broderie,
De soleil luisant, clair et beau.

5   Il n'y a bête ni oiseau
Qu'[1] en son jargon[2] ne chante ou crie :
Le temps a laissé son manteau
De vent, de froidure et de pluie.

Rivière, fontaine et ruisseau
10   Portent, en parure[3] jolie,
Gouttes d'argent d'orfèvrerie[4] ;
Chacun s'habille de nouveau[5] :
Le temps a laissé son manteau.

Rondeaux, vers 1450.
Adaptation orthographique Larousse.

---

1. **Qu'** : qui.
2. **Jargon** : langage animal.
3. **Parure** : vêtements et bijoux d'ornement.
4. **Orfèvrerie** : art de travailler les métaux précieux.
5. **De nouveau** : de neuf.

Clefs d'analyse

Genre ou thèmes

1. Quelle saison le poète évoque-t-il dans les v. 1 et 2 ? Et dans les v. 3 et 4 ? Montrez les oppositions qui parcourent le quatrain.

2. Par quels procédés la nature est-elle personnifiée ?

3. Le thème de la *reverdie* est un motif traditionnel de la poésie médiévale. En observant la formation de ce mot, déduisez-en son sens.

4. Quels détails montrent que toute la nature est en fête ?

5. Un rondeau (ou *rondel*) est un poème de treize octosyllabes répartis en trois strophes, construit sur deux rimes et comportant un refrain. Étudiez la structure du poème afin de valider ou d'invalider cette définition.

6. Repérez les vers qui constituent le refrain. Quelle impression la répétition produit-elle ? Pourquoi le refrain n'est-il pas complet au v. 13 ?

7. À partir de quel adjectif le mot « rondeau » est-il formé ? En quoi la structure du rondeau épouse-t-elle le thème de la *reverdie* ?

Langue

8. Quels signes de ponctuation pourrait-on ajouter au début du v. 7 et à la fin du v. 8 ? Comment le retour du refrain est-il justifié dans ces vers ?

9. Quelle valeur a le deux-points du v. 12 ? Comment le retour du refrain est-il justifié au v. 13 ?

Écriture

10. Sur le même modèle, écrivez un rondeau pour célébrer la beauté mélancolique de l'automne.

✳ À retenir

Le motif de la *reverdie* est très fréquent dans la poésie du Moyen Âge. Charles d'Orléans chante le retour de la belle saison à travers la métaphore filée d'un précieux vêtement d'apparat. La forme circulaire du **rondeau**, dans lequel un **refrain** revient en **boucle**, épouse parfaitement le thème du **cycle** saisonnier.

*

Hiver, vous n'êtes qu'un vilain[1].
Été est plaisant et gentil :
En témoignent mai et avril
Qui l'escortent[2] soir et matin.

5   Été revêt champs, bois et fleurs
De son pavillon[3] de verdure
Et de maintes[4] autres couleurs
Par l'ordonnance de Nature.

Mais vous, Hiver, trop êtes plein
10   De neige, vent, pluie et grésil[5] ;
On vous doit bannir[6] en exil !
Sans point flatter[7], je parle plain[8] :
Hiver, vous n'êtes qu'un vilain.

Rondeaux, vers 1450.
Adaptation orthographique Larousse.

---

1. **Vilain :** paysan et, par extension, vaurien.
2. **Escortent :** accompagnent.
3. **Pavillon :** ici, costume, parure.
4. **Maintes :** nombreuses.
5. **Grésil :** grêle.
6. **Bannir :** chasser, mettre à l'écart.
7. **Flatter :** mentir.
8. **Plain :** franchement.

François Villon
(1431-après 1463)

Solapme q fero la belle de 66 hait
Men deuer nona tenir o 3il ne fotz

La vie de François Villon ressemble à un roman – dont on aurait perdu de nombreux chapitres. Orphelin pauvre recueilli par un chanoine qui le mène à l'université de Paris, Villon voit son destin basculer lorsque, une nuit de 1455, il tue un prêtre au cours d'une rixe. Dès lors, sa vie est émaillée de condamnations à mort, de remises de peine, de récidives et d'errances, jusqu'à ce qu'un dernier exil nous fasse perdre sa trace en 1463. Il laisse une œuvre hantée par la mort et le temps qui passe.

Ballade des dames du temps jadis[1]

Dites-moi où, n'[2]en quel pays,
Est Flora[3], la belle Romaine ;
Archipiada[4], et Thaïs[5],
Qui fut sa cousine germaine ;
5   Écho[6], parlant quand bruit on mène
Dessus rivière ou sur étang,

---

1. **[Le] temps jadis :** autrefois. C'est Marot qui donna ce titre à cette énigmatique ballade, parsemée de noms de femmes restées mystérieuses.
2. **N' :** et.
3. **Flora :** courtisane évoquée par le poète latin Juvénal dans les *Satires* au IIe siècle. Flora (ou Flore) est aussi la déesse romaine des fleurs.
4. **Archipiada :** sans doute s'agit-il d'Alcibiade, un homme politique athénien du Ve siècle avant J.-C., dont la beauté était légendaire. Au Moyen Âge, on croyait qu'Alcibiade était une femme.
5. **Thaïs :** ancienne prostituée égyptienne devenue sainte.
6. **Écho :** la nymphe Écho était très bavarde et inventive. Par ses babillages, elle captait l'attention d'Héra pendant que Zeus, mari de cette dernière, la trompait. Lorsque Héra comprit la ruse, elle condamna Écho à répéter inlassablement les paroles de son interlocuteur. Puis, éconduite par le beau Narcisse, Écho se consuma d'amour et disparut jusqu'à ce qu'il ne reste plus d'elle que sa voix.

Qui beauté eut trop plus qu'humaine ?
Mais où sont les neiges d'antan[1] ?

Où est la très sage Héloïs[2],
10 Pour qui fut châtré[3] et puis moine
Pierre Abélard à Saint-Denis ?
Pour son amour eut cette peine.
Semblablement, où est la reine[4]
Qui commanda que Buridan[5]
15 Fût jeté en un sac en Seine ?
Mais où sont les neiges d'antan ?

La reine Blanche[6] comme un lis,
Qui chantait à voix de sirène[7],
Berthe au grand pied[8], Bietris, Allys[9],
20 Harembourgis[10], qui tint le Maine,
Et Jeanne[11], la bonne Lorraine,
Qu'Anglais brûlèrent à Rouen ;
Où sont-ils[12], Vierge souveraine ?...
Mais où sont les neiges d'antan ?

---

1. **Antan :** l'an dernier.
2. **Héloïs :** Héloïse forma avec Pierre Abélard un couple d'amoureux qui connut une liaison tragique au XIIᵉ siècle. Abélard fut mutilé par l'oncle d'Héloïse, pour avoir séduit la jeune fille.
3. **Châtré :** émasculé, castré.
4. **La reine :** une légende raconte qu'une reine jetait ses multiples amants à la Seine après les avoir enfermés dans un sac. Cette reine pourrait être Marguerite de Bourgogne ou l'une de ses belles-sœurs (Blanche et Jeanne), toutes trois impliquées dans le scandale de la tour de Nesle, en 1314.
5. **Buridan :** philosophe français du XIVᵉ siècle. Il est associé, sans doute à tort, à l'affaire de la tour de Nesle.
6. **La reine Blanche :** peut-être est-ce Blanche de Castille, mère de Louis IX.
7. **Sirène :** créature mythologique maléfique dotée d'une voix envoûtante.
8. **Berthe au grand pied :** mère de Charlemagne, par ailleurs héroïne d'une chanson de geste d'Adenet le Roi.
9. **Bietris, Allys :** sans doute s'agit-il d'héroïnes de chansons de geste.
10. **Harembourgis :** comtesse du Maine, au XIIᵉ siècle.
11. **Jeanne :** Jeanne d'Arc.
12. **Ils :** elles.

25 Prince, n'enquérez de semaine
Où elles sont, ni de cet an,
Que ce refrain ne vous remaine[1] :
Mais où sont les neiges d'antan ?

Œuvres, 1489.
Adaptation orthographique Larousse.

*

Épitaphe[2] Villon
(ou « Ballade des pendus »)

Frères humains qui après nous vivez,
N'ayez les cœurs contre nous endurcis,
Car, si pitié de nous pauvres avez,
Dieu en aura plus tôt de vous mercis[3].
5 Vous nous voyez ci[4] attachés cinq, six :
Quant à la chair que trop avons nourrie,
Elle est piéça[5] dévorée et pourrie,
Et nous, les os, devenons cendre et poudre.
De notre mal personne ne s'en rie[6] ;
10 Mais priez Dieu que tous nous veuille absoudre[7] !

Si frères vous clamons[8], pas n'en devez
Avoir dédain[9], quoique fûmes occis[10]
Par justice. Toutefois, vous savez

---

1. **N'enquérez de semaine [...] remaine :** ne demandez ni cette semaine ni cette année où elles sont, car je vous ramènerai toujours à ce refrain.
2. **Épitaphe :** inscription sur un tombeau.
3. **Mercis :** pitié.
4. **Ci :** ici.
5. **Piéça :** depuis longtemps.
6. **Rie :** subjonctif du verbe « rire » (« Que personne ne rie de notre malheur ! »).
7. **Que tous nous veuille absoudre :** qu'il veuille bien tous nous pardonner.
8. **Si frères vous clamons :** si nous vous appelons frères.
9. **Dédain :** mépris.
10. **Occis :** tués, exécutés.

Que tous les hommes n'ont pas bon sens rassis[1] ;
15   Excusez-nous, puisque sommes transis[2],
Envers le fils de la Vierge Marie,
Que sa grâce ne soit pour nous tarie[3],
Nous préservant de l'infernale[4] foudre.
Nous sommes morts, âme ne nous harie[5],
20   Mais priez Dieu que tous nous veuille absoudre !

La pluie nous a débués[6] et lavés,
Et le soleil desséchés et noircis ;
Pies et corbeaux nous ont les yeux cavés[7],
Et arraché la barbe et les sourcils.
25   Jamais nul temps nous ne sommes assis[8] ;
Puis çà, puis là, comme le vent varie,
À son plaisir sans cesser nous charrie[9],
Plus becquetés d'oiseaux que dés à coudre[10].
Ne soyez donc de notre confrérie ;
30   Mais priez Dieu que tous nous veuille absoudre !

Prince Jésus, qui sur tous a maistrie[11],
Garde qu'Enfer n'ait de nous[12] seigneurie :
À lui n'ayons que faire ni que soudre[13].
Hommes, ici n'a point de[14] moquerie ;
35   Mais priez Dieu que tous nous veuille absoudre !

Œuvres, 1489.

---

1. **Rassis :** réfléchi, posé.
2. **Transis :** morts.
3. **Tarie :** participe passé du verbe « tarir » (« être à sec », « cesser de couler »).
4. **Infernale :** de l'enfer.
5. **Âme ne nous harie :** que personne ne nous tourmente.
6. **Débués :** trempés.
7. **Cavés :** creusés, crevés.
8. **Assis :** apaisés.
9. **Charrie :** balance.
10. **Plus becquetés d'oiseaux que dés à coudre :** plus piqués par les oiseaux que des dés à coudre ne sont martelés.
11. **Maistrie :** maîtrise, pouvoir.
12. **De nous seigneurie :** de l'emprise sur nous.
13. **Soudre :** payer.
14. **N'a point de :** il n'y a point lieu de.

Clefs d'analyse

Genre ou thèmes

1. En vous appuyant sur les pronoms personnels et les apostrophes, précisez la situation d'énonciation : qui parle ? à qui ?
2. Relevez toutes les expressions qui évoquent le corps supplicié.
3. Analysez la structure de cette ballade : strophes, mètre, système de rimes. Quel vers constitue un refrain ?
4. Reformulez ce refrain avec vos propres mots. Que demande le poète à son destinataire ? Relevez les autres passages où s'exprime la même idée.
5. Comment comprenez-vous le nom « frères » (v. 1 et 11) ?
6. Recherchez ce que signifie la locution latine *memento mori*. En quoi peut-on dire que le poème s'inscrit dans le genre du *memento mori* ?

Langue

7. À quels temps et mode le verbe « ayez » (v. 2) est-il conjugué ? Relevez les autres verbes conjugués au même mode. Qu'expriment-ils ?
8. Quel autre mode est aussi utilisé pour exprimer l'injonction ? Relevez les verbes conjugués à ce mode. À quelle personne ces verbes sont-ils conjugués ? En quoi ce mode est-il complémentaire de celui de la question 7 ?

Pour aller plus loin

9. Faites une recherche sur le *memento mori* en peinture, dans les tableaux que l'on appelle les vanités. Choisissez un tableau pour le présenter à votre classe.

✳ À retenir

L'« Épitaphe Villon » fut vraisemblablement composée alors que le poète s'attendait à être exécuté. Dans cette **ballade** au **refrain lancinant**, le poète pendu et pourrissant adresse ce message d'**outre-tombe** à ses frères humains : hommes **mortels**, qui êtes tentés de nous maudire, ayez pitié de nous, car **vous mourrez aussi**.

François Rabelais
(vers 1494-1553)

François Rabelais, qui fut aussi moine et médecin, est l'auteur d'une monumentale somme humaniste et bouffonne, composée de cinq livres : *Pantagruel*, *Gargantua*, le *Tiers Livre*, le *Quart Livre* et le *Cinquième Livre*. Pantagruel et son compagnon Panurge consultent l'oracle de la Dive Bouteille, afin de trouver réponse à une épineuse question : Panurge doit-il ou non se marier ? Ce poème – l'un des premiers calligrammes français – est la prière adressée à l'oracle.

« La Dive[1] Bouteille »

Ô Bouteille
Pleine toute
De mystères,
D'une oreille
5   Je t'écoute :
Ne diffère[2],
Et le mot profère[3]
Après quoi soupire mon cœur.
Dans la si divine liqueur,
10   Bacchus[4] qui fut d'Inde vainqueur,
A toute vérité retenue.
Vin si divin, loin de toi sont tenus
Tout mensonge et toute tromperie.
Qu'en joie soit l'ère de Noé conclue,
15   Lui qui ta composition nous apprit[5].
Chante le beau mot, je t'en prie,
Qui me doit sauver de misère.
Qu'ainsi ne se perde une goutte
De toi, ou blanche, ou bien vermeille[6].
20   Ô Bouteille
Pleine toute
De mystères,
D'une oreille
Je t'écoute :
25   Ne diffère.

Cinquième Livre, 1564 (posthume).
Traduction en français moderne, préface et notes par Guy Demerson,
© Éditions du Seuil, in *Œuvres complètes* (1973).

---

1. **Dive :** divine.
2. **Ne diffère :** n'attends pas.
3. **Profère :** prononce (il s'agit d'un présent de l'impératif).
4. **Bacchus :** dieu romain du vin, de l'ivresse et de la fête.
5. **Qu'en joie soit [...] apprit :** rendons hommage à Noé, qui nous enseigna ta composition. Dans la Bible, le premier geste de Noé après le Déluge fut de planter une vigne.
6. **Vermeille :** d'un rouge foncé.

Le *Cinquième Livre*, édition *princeps* de 1564.
Calligramme de « La Dive Bouteille » (chapitre XLVII).

Clément Marot
(1496-1544)

CLÉMENT MAROT
Valet de Chambre de François I.er

Héritier des grands rhétoriqueurs par son père, Clément Marot est d'abord un poète de cour, attaché au service de Marguerite d'Angoulême, sœur du roi François Ier et future reine de Navarre. Mais, soupçonné de sympathie pour la Réforme, il est contraint de s'exiler en Italie en 1535. De ce séjour à Ferrare puis à Venise, ce maître de la concision rapporte une forme nouvelle : le sonnet. Après un retour en grâce éphémère, il doit de nouveau se réfugier à Genève en 1542, puis à Turin, où il meurt.

De soi-même

Plus ne suis ce que j'ai été,
Et ne le saurais jamais être.
Mon beau printemps et mon été
Ont fait le saut par la fenêtre.

5   Amour, tu as été mon maître,
Je t'ai servi sur tous les Dieux.
Ah si je pouvais deux fois naître,
Comme je te servirais mieux !

Œuvres, 1538.

*

De l'amour du siècle antique

Au bon vieux temps un train d'amour[1] régnait
Qui sans grand art et dons se démenait[2],
Si qu'[3]un baiser, donné d'amour profonde[4],
C'était donné[5] toute la terre ronde :
5   Car seulement au cœur on se prenait.
Et si, par cas, à jouir[6] on venait,
Savez-vous bien comme on s'entretenait ?
Vingt ans, trente ans : cela durait un monde,
      Au bon vieux temps.
10   Or[7] est perdu ce qu'amour ordonnoit[8] :
Rien que pleurs feints[9], rien que changes on n'oit[10],
Qui voudra donc qu'à aimer je me fonde[11] ?
Il faut premier[12] que l'amour on refonde,
Et qu'on la mène ainsi qu'on la menait
15   Au bon vieux temps.

Rondeaux, in *Œuvres*, 1538.

---

1. **Un train d'amour :** une forme de relations amoureuses.
2. **Se démenait :** se pratiquait.
3. **Si que :** si bien que.
4. **Profonde :** le nom « amour » est alors féminin.
5. **C'était donné :** c'était comme si on avait donné.
6. **Jouir :** s'aimer mutuellement.
7. **Or :** mais maintenant.
8. **Ordonnoit :** graphie ancienne de l'imparfait de l'indicatif « ordonnait ».
9. **Feints :** simulés, faux.
10. **Rien que changes on n'oit :** on n'entend parler que d'infidélités.
11. **Que [...] je me fonde :** que je me risque.
12. **Premier :** d'abord.

Maurice Scève
(1501–vers 1560)

Maurice Scève est considéré comme le chef de file de l'école lyonnaise. Il est éduqué dans l'humanisme, la culture antique et italienne, et voue un véritable culte au *Canzoniere* dans lequel le poète Pétrarque célèbre son amour idéal et douloureux pour Laure. Avec *Délie, objet de plus haute vertu*, recueil de 449 dizains entrecoupés d'emblèmes, Scève compose un *Canzoniere* à la française, parfois obscur, voire hermétique. On dit qu'il lui fut inspiré par la jeune poétesse Pernette du Guillet.

Délie

Comme des rais[1] du soleil gracieux
Se paissent[2] fleurs durant la primevère[3],
Je me recrée[4] aux rayons de ses yeux,
Et loin et près autour d'eux persévère ;
5   Si que[5] le cœur, qui en moi la révère[6],
La me[7] fait voir en celle[8] même essence[9]
Que ferait l'œil par sa belle présence,
Que tant j'honore et que tant je poursuis :
Par quoi[10] de rien ne me nuit son absence,
10 Vu qu'en tous lieux, malgré moi, je la suis.

---

1. **Rais :** rayons.
2. **Se paissent :** se nourrissent.
3. **La primevère :** le printemps.
4. **Recrée :** ranime.
5. **Si que :** si bien que.
6. **Révère :** adore avec respect.
7. **La me :** me la (l'ordre des pronoms est fréquemment inversé à cette époque).
8. **Celle :** cette.
9. **Essence :** existence.
10. **Par quoi :** c'est pourquoi.

*

De toi la douce et fraîche souvenance[1]
Du premier jour qu'elle m'entra au cœur,
Avec ta haute et humble[2] contenance,
Et ton regard d'Amour[3] même vainqueur,
5   Y dépeignit[4] par sa vive liqueur
Ton effigie[5] au vif[6] tant ressemblante,
Que depuis, l'Âme étonnée et tremblante
De jour l'admire, et la prie sans cesse :
Et sur la nuit tacite[7] et sommeillante,
10   Quand tout repose, encor[8] moins elle cesse.

*

Apercevant cet ange en forme humaine,
Qui aux plus forts ravit[9] le dur courage
Pour le porter au gracieux domaine
Du paradis terrestre en son visage,
5   Ses beaux yeux clairs par leur privé usage
Me dorent tout de leurs rais épandus[10].
Et quand les miens j'ai vers les siens tendus,
Je me recrée au mal où je m'ennuie,
Comme bourgeons au soleil étendus,
10   Qui se refont aux gouttes de la pluie.

---

1. **Souvenance :** souvenir.
2. **Humble :** modeste.
3. **Amour :** personnification de l'amour.
4. **Dépeignit :** peignit, dessina.
5. **Effigie :** image, portrait.
6. **Au vif :** au modèle vivant.
7. **Tacite :** muette, silencieuse.
8. **Encor :** l'élision du *e* muet de « encore » est fréquente en poésie, pour les besoins du mètre.
9. **Ravit :** enlève, vole.
10. **Épandus :** répandus.

*

Le laboureur de sueur tout rempli
À son repos sur le soir se retire :
Le pèlerin[1], son voyage accompli,
Retourne en paix et vers sa maison tire[2].
5   Et toi, ô Rhône, en fureur, en grande ire[3],
Tu viens courant des Alpes roidement[4]
Vers celle-là[5] qui t'attend froidement,
Pour en son sein tant doux te recevoir.
Et moi, suant à ma fin grandement,
10   Ne puis ni paix ni repos d'elle avoir.

Délie, objet de la plus haute vertu, extraits, 1544.
Adaptation orthographique Larousse.

---

1. **Pèlerin :** voyageur qui accomplit une longue marche vers un lieu sacré.
2. **Tire :** se dirige.
3. **Ire :** colère.
4. **Roidement :** vivement.
5. **Celle-là :** il s'agit de la Saône, un affluent du Rhône. La ville de Lyon est située au confluent des deux cours d'eau.

Joachim Du Bellay
(1522-1560)

Le nom de Du Bellay est indissociable de la Pléiade, dont il pose les préceptes dans la *Défense et illustration de la langue française* en 1549. Soucieux de doter la langue française d'une tradition littéraire, Du Bellay condamne les formes médiévales et prône l'imitation des Anciens (Ovide, Virgile, Horace) et des grands auteurs italiens (Pétrarque, Dante). C'est lors d'un douloureux séjour à la cour pontificale de Rome qu'il impose son ton si personnel, émouvant mélange de nostalgie et de satire.

Las[1] ! Où est maintenant ce mépris de Fortune[2] ?
Où est ce cœur vainqueur de toute adversité[3],
Cet honnête[4] désir de l'immortalité,
Et cette honnête flamme[5] au peuple non commune ?

5   Où sont ces doux plaisirs qu'au soir, sous la nuit brune,
Les Muses[6] me donnaient, alors qu'en liberté,
Dessus le vert tapis d'un rivage écarté,
Je les menais danser aux rayons de la lune ?

Maintenant la Fortune est maîtresse de moi,
10 Et mon cœur, qui soulait[7] être maître de soi,
Est serf[8] de mille maux et regrets qui m'ennuient[9].

---

1. **Las :** hélas.
2. **Fortune :** personnification du sort, du destin.
3. **Adversité :** malheur, mauvais sort.
4. **Honnête :** honorable.
5. **Flamme :** inspiration.
6. **Muses :** dans la mythologie grecque, les Muses sont les déesses des arts. Elles sont ici le symbole de l'inspiration poétique.
7. **Soulait :** avait l'habitude de.
8. **Serf :** esclave.
9. **M'ennuient :** me tourmentent.

De la postérité[1] je n'ai plus de souci,
Cette divine ardeur[2], je ne l'ai plus aussi,
Et les Muses de moi, comme étranges[3], s'enfuient.

Les Regrets, 1558.

*

France, mère des arts, des armes et des lois,
Tu m'as nourri longtemps du lait de ta mamelle :
Ores[4], comme un agneau qui sa nourrice[5] appelle,
Je remplis de ton nom les antres[6] et les bois.

5 Si[7] tu m'as pour enfant avoué[8] quelquefois[9],
Que[10] ne me réponds-tu maintenant, ô cruelle ?
France, France, réponds à ma triste querelle.
Mais nul, sinon Écho[11], ne répond à ma voix.

Entre les loups cruels j'erre parmi la plaine ;
10 Je sens venir l'hiver, de qui la froide haleine
D'une tremblante horreur fait hérisser ma peau.

Las ! Tes autres agneaux n'ont faute[12] de pâture,
Ils ne craignent le loup, le vent, ni la froidure :
Si[13] ne suis-je pourtant le pire du troupeau.

Les Regrets, 1558.

---

1. **Postérité :** ensemble des générations à venir.
2. **Ardeur :** inspiration.
3. **Étranges :** étrangères.
4. **Ores :** maintenant.
5. **Sa nourrice :** celle qui le nourrit.
6. **Antres :** grottes.
7. **Si :** puisque.
8. **Pour enfant avoué :** reconnu comme enfant.
9. **Quelquefois :** autrefois.
10. **Que :** pourquoi.
11. **Écho :** voir note 6, page 32.
12. **N'ont faute :** ne manquent pas.
13. **Si :** néanmoins, cependant.

*

Heureux qui[1], comme Ulysse[2], a fait un beau voyage,
Ou comme cestui[3]-là qui conquit la toison[4],
Et puis est retourné, plein d'usage[5] et raison,
Vivre entre ses parents le reste de son âge !

5   Quand reverrai-je, hélas ! de mon petit village
Fumer la cheminée, et en quelle saison
Reverrai-je le clos[6] de ma pauvre maison,
Qui m'est une province, et beaucoup davantage ?

Plus me plaît le séjour qu'ont bâti mes aïeux[7]
10 Que des palais romains le front audacieux ;
Plus que le marbre dur me plaît l'ardoise fine,

Plus mon Loire[8] gaulois que le Tibre[9] latin,
Plus mon petit Liré[10] que le mont Palatin[11],
Et plus que l'air marin la douceur angevine[12].

Les Regrets, 1558.

---

1. **Qui :** celui qui.
2. **Ulysse :** héros de *L'Odyssée* d'Homère. Ulysse, parti pendant dix ans faire la guerre de Troie, mit dix autres années à rentrer chez lui, à Ithaque.
3. **Cestui :** celui.
4. **Cestui-là qui conquit la toison :** il s'agit de Jason qui, avec les Argonautes, s'en alla prendre possession de la Toison d'or.
5. **Usage :** expérience.
6. **Clos :** jardin.
7. **Aïeux :** ancêtres.
8. **Mon Loire :** il s'agit du fleuve, dont le nom est masculin au XVIe siècle.
9. **Tibre :** fleuve qui traverse Rome.
10. **Liré :** village natal du poète, en Anjou.
11. **Mont Palatin :** l'une des sept collines de Rome.
12. **Angevine :** de l'Anjou.

Clefs d'analyse

« Heureux qui, comme Ulysse »

Genre ou thèmes

1. Ce poème est-il une ballade, un sonnet ou un rondeau ? Justifiez votre réponse en observant la structure des strophes et la disposition des rimes. Quel est le mètre utilisé ?

2. Que symbolisent les figures d'Ulysse et de Jason ?

3. D'après le premier quatrain, quelles sont les deux aspirations successives d'un homme au cours de sa vie ?

4. Quel sentiment le poète exprime-t-il dans ce premier quatrain ?

5. Dans le second quatrain, quel est le sentiment du poète ? Par quels procédés ce sentiment se manifeste-t-il ? Appuyez-vous notamment sur le lexique et sur la ponctuation.

6. Quelle figure de style fait l'unité des deux tercets ? Sur quel procédé grammatical cette figure est-elle construite ?

7. Dans un tableau à deux colonnes, montrez l'opposition entre deux lieux. Quels sont ces lieux ?

Langue

8. Recherchez, dans la langue, des synonymes du mot « douleur ». Quelles nuances expriment-ils ?

9. Quelle est la nature de la proposition « qu'ont bâti mes aïeux » ? Relevez-en trois autres. L'une d'entre elles n'a pas d'antécédent : laquelle ?

Écriture

10. Écrivez un poème, en prose ou en vers, dans lequel vous évoquerez un lieu qui vous manque.

Pour aller plus loin

11. De quel poète latin, lui aussi exilé, Du Bellay s'inspire-t-il dans *Les Regrets* ?

✳ À retenir

En mission à la cour pontificale de Rome, Du Bellay éprouve la **nostalgie** de l'**exilé**. Sur les traces du poète latin **Ovide**, Du Bellay compose *Les Regrets*, un recueil **élégiaque** dans lequel il oppose la vaine majesté de Rome et l'importance de son modeste village natal.

*

Marcher d'un grave pas et d'un grave sourci[1],
Et d'un grave souris[2] à chacun faire fête,
Balancer[3] tous ses mots, répondre de la tête,
Avec un *Messer non* ou bien un *Messer si*[4] ;

5   Entremêler souvent un petit *È cosi*[5],
Et d'un *son Servitor*[6] contrefaire l'honnête[7] ;
Et, comme si l'on eût[8] sa part en la conquête[9],
Discourir sur Florence, et sur Naples[10] aussi ;

Seigneuriser[11] chacun d'un baisement de main,
10   Et, suivant la façon du courtisan romain,
Cacher sa pauvreté d'[12]une brave[13] apparence :

Voilà de cette cour la plus grande vertu,
Dont[14] souvent, mal monté[15], mal sain[16] et mal vêtu,
Sans barbe[17] et sans argent, on s'en retourne en France.

Les Regrets, 1558.

---

1. **Sourci :** sourcil.
2. **Souris :** sourire.
3. **Balancer :** peser, choisir soigneusement.
4. ***Messer non, Messer si :*** en italien, *Non Monsieur, oui Monsieur*.
5. ***È cosi :*** en italien, *C'est cela, tout à fait*.
6. ***Son Servitor :*** en italien, *Je suis votre serviteur*.
7. **Contrefaire l'honnête :** se donner des airs de gentilhomme, d'honnête homme.
8. **Comme si l'on eût :** comme si l'on avait eu.
9. **Conquête :** allusion à la conquête de l'Italie par les rois de France (1494-1559).
10. **Florence, Naples :** villes italiennes.
11. **Seigneuriser :** traiter en seigneur.
12. **D' :** sous.
13. **Brave :** ici, riche, élégante.
14. **Dont :** d'où.
15. **Mal monté :** sur un mauvais cheval.
16. **Mal sain :** malade.
17. **Sans barbe :** Du Bellay a contracté la pelade.

Pierre de Ronsard
(1524-1585)

Promis à une carrière militaire ou diplomatique, le jeune Pierre de Ronsard, atteint de surdité, doit renoncer à ses ambitions pour se tourner vers les lettres. Au collège de Coqueret, sous l'égide de l'humaniste et helléniste Jean Dorat, il fonde, avec Du Bellay, la fameuse Pléiade dont il est le grand théoricien. C'est à l'imitation des Anciens et des Italiens qu'il compose odes, hymnes et sonnets. Grand poète de l'amour, il célèbre trois femmes devenues mythiques : Cassandre, Marie et Hélène.

Mignonne, allons voir si la rose
Qui ce matin avait déclose[1]
Sa robe de pourpre[2] au soleil,
A point perdu cette vesprée[3]
5 Les plis de sa robe pourprée,
Et son teint au vôtre pareil.

Las ! voyez comme en peu d'espace[4],
Mignonne, elle a dessus la place,
Las, las ses beautés laissé choir[5] !
10 Ô vraiment marâtre[6] Nature,
Puisqu'une telle fleur ne dure
Que du matin jusques au soir !

---

1. **Déclose :** ouvert. L'accord du participe passé est encore fluctuant au XVIᵉ siècle.
2. **De pourpre :** d'un rouge violacé.
3. **Cette vesprée :** ce soir.
4. **En peu d'espace :** en peu de temps.
5. **Choir :** tomber ; « laisser choir » signifie « abandonner ».
6. **Marâtre :** belle-mère ; ici, en fonction d'adjectif, le mot a le sens de « qui agit avec dureté ».

Donc, si vous me croyez, mignonne,
Tandis que votre âge fleuronne[1]
15 En sa plus verte nouveauté,
Cueillez, cueillez votre jeunesse :
Comme à cette fleur, la vieillesse
Fera ternir votre beauté.

Les Amours de Cassandre (1552), in *Amours*, 1552-1578.

---

1. **Fleuronne :** fleurit.

Clefs d'analyse

Genre ou thèmes

1. Donnez un titre à la première strophe.
2. Par quelles figures de style la rose est-elle assimilée à la jeune femme ?
3. En observant le lexique de la couleur et de la lumière, le rythme des vers et les rimes, dites quelle impression se dégage de cette strophe.
4. Donnez un titre à la deuxième strophe.
5. Quel est le type de phrase dominant dans cette strophe ? Quel est le sentiment exprimé ? Quelle interjection, répétée trois fois, le confirme ? Qu'évoquent les sonorités placées à la rime ?
6. Donnez un titre à la troisième strophe.
7. Par quels procédés le poète se fait-il persuasif ?
8. Montrez que c'est au tour de la jeune femme d'être assimilée à la rose.
9. Que démontre le poète à la jeune femme ? Dans quel but ?

Langue

10. Le verbe « choir » a presque disparu de notre langue, mais d'autres mots de la même famille subsistent dans la langue courante. Lesquels ?

Pour aller plus loin

11. Recherchez la signification de la locution latine *carpe diem*. À quel poète latin la doit-on ? À quel vers du poème fait-elle écho ?
12. Réalisez un exposé sur le groupe de la Pléiade.

> ## ✳ À retenir
>
> Dans cette célèbre **ode** à Cassandre, Ronsard renouvelle le motif **épicurien** du *carpe diem* cher au poète latin **Horace**. Menant gaiement la jeune femme dans une promenade vespérale, il lui fait constater devant une rose fanée le caractère éphémère de la beauté et de la jeunesse afin de l'exhorter à profiter du jour présent… et donc à l'aimer. Cette **argumentation galante** est l'un des grands thèmes ronsardiens.

*

Rossignol mon mignon, qui par cette saulaie[1]
Vas seul de branche en branche à ton gré[2] voletant,
Et chantes à l'envi de moi[3] qui vais chantant
Celle qu'il faut toujours que dans la bouche j'aie,

5   Nous soupirons tous deux ; ta douce voix s'essaie
De sonner l'amitié[4] d'une qui t'aime tant,
Et moi, triste, je vais la beauté regrettant
Qui m'a fait dans le cœur une si aigre plaie.

Toutefois, Rossignol, nous différons d'un point,
10   C'est que tu es aimé, et je ne le suis point,
Bien que tous deux ayons les musiques pareilles :

Car tu fléchis[5] t'amie[6] au doux bruit de tes sons,
Mais la mienne qui prend à dépit[7] mes chansons,
Pour ne les écouter se bouche les oreilles.

Continuation des Amours, 1555.

*

Comme on voit sur la branche, au mois de mai, la rose,
En sa belle jeunesse, en sa première fleur,
Rendre le ciel jaloux de sa vive couleur,
Quand l'aube, de ses pleurs, au point du jour l'arrose ;

---

1. **Saulaie :** espace planté de saules.
2. **À ton gré :** comme bon te semble.
3. **À l'envi de moi :** en rivalisant avec moi.
4. **Amitié :** ici, amour.
5. **Fléchis :** attendris.
6. **T'amie :** ton amante.
7. **Prend à dépit :** s'agace de.

5   La Grâce dans sa feuille, et l'Amour se repose[1],
     Embaumant[2] les jardins et les arbres d'odeur ;
     Mais, battue ou de pluie ou d'excessive ardeur[3],
     Languissante[4], elle meurt, feuille à feuille déclose ;

     Ainsi, en ta[5] première et jeune nouveauté,
10   Quand la terre et le ciel honoraient ta beauté,
     La Parque[6] t'a tuée, et cendre tu reposes.

     Pour obsèques reçois mes larmes et mes pleurs,
     Ce vase plein de lait, ce panier plein de fleurs,
     Afin que, vif et mort, ton corps ne soit que roses.

Sur la mort de Marie (1578), in *Amours*, 1552-1578.

*

     Quand vous serez bien vieille, au soir, à la chandelle,
     Assise auprès du feu, dévidant et filant[7],
     Direz, chantant mes vers, en vous émerveillant :
     « Ronsard me célébrait du temps que j'étais belle ! »

5   Lors, vous n'aurez servante oyant[8] telle nouvelle,
     Déjà sous le labeur[9] à demi sommeillant,
     Qui au bruit de[10] Ronsard ne s'aille réveillant,
     Bénissant[11] votre nom de louange[12] immortelle.

1. **Se repose :** ce verbe a pour sujets « la Grâce » et « l'Amour ». L'accord se fait alors avec le sujet le plus proche.
2. **Embaumant :** parfumant.
3. **Ardeur :** chaleur.
4. **Languissante :** affaiblie, souffrante.
5. **Ta :** dans ce sonnet, se superposent les souvenirs de deux Marie : une jeune paysanne angevine que Ronsard aima dans sa jeunesse, et la maîtresse passionnément aimée d'Henri III, Marie de Clèves.
6. **La Parque :** déesse romaine de la destinée humaine. L'heure venue, la Parque coupe le fil de la vie humaine.
7. **Dévidant et filant :** dévider et filer sont des gestes liés au tissage.
8. **Oyant :** entendant.
9. **Labeur :** travail.
10. **Au bruit de :** en entendant prononcer le nom de.
11. **Bénissant :** participe présent se rapportant à Ronsard.
12. **Louange :** discours élogieux.

Je serai sous la terre, et, fantôme sans os,
10 Par les ombres myrteux[1] je prendrai mon repos :
Vous serez au foyer[2] une vieille accroupie,

Regrettant mon amour et votre fier dédain[3].
Vivez, si m'en croyez, n'attendez à demain :
Cueillez dès aujourd'hui les roses de la vie.

Sonnets pour Hélène (1578), in *Amours*, 1552-1578.

---

1. **Les ombres myrteux :** le nom « ombre » est alors masculin. Selon Virgile, dans *L'Énéide*, il y avait aux Enfers un bois de myrtes dans lequel erraient les âmes des amoureux.
2. **Au foyer :** devant la cheminée.
3. **Dédain :** mépris.

Louise Labé (1524-1566)

Louise Labé – que l'on appelle aussi « la Belle Cordière » – est avec Maurice Scève et Pernette du Guillet l'une des grandes voix de l'école lyonnaise. Élevée dans le raffinement de la culture italienne et antique, elle s'inspire, comme tous les poètes de son temps, de l'incontournable Pétrarque. Les sonnets de Louise Labé, brûlants et passionnés, évoquent son amour douloureux pour le poète Olivier de Magny, et constituent une sorte de *Canzoniere* au féminin.

Je vis, je meurs : je me brûle et me noie.
J'ai chaud extrême en endurant[1] froidure :
La vie m'est et trop molle[2] et trop dure.
J'ai grands ennuis[3] entremêlés de joie :

5   Tout à un coup je ris et je larmoie[4],
Et en plaisir maint grief[5] tourment j'endure :
Mon bien[6] s'en va, et à jamais il dure :
Tout en un coup je seiche et je verdoie.

Ainsi Amour inconstamment[7] me mène :
10   Et, quand je pense avoir plus de douleur,
Sans y penser je me trouve hors de peine.

Puis, quand je crois ma joie être certaine,
Et être au haut de mon désiré heur[8],
Il me remet en mon premier malheur.

Sonnets, 1555.
Adaptation orthographique Larousse.

---

1. **Endurant :** supportant.
2. **Molle :** douce.
3. **Ennuis :** tourments.
4. **Larmoie :** pleure.
5. **Grief :** grave, pesant.
6. **Bien :** bonheur.
7. **Inconstamment :** de manière changeante.
8. **Heur :** bonheur.

Clefs d'analyse

Genre ou thèmes

1. Quelle forme fixe reconnaissez-vous ? Justifiez votre réponse.
2. La figure de style récurrente qui fonde le poème est l'antithèse. Relevez-en tous les exemples.
3. Par quels procédés la simultanéité des émotions s'exprime-t-elle ?
4. À quel vers le thème du poème apparaît-il ?
5. Quel adverbe exprime les contradictions du sentiment amoureux ?
6. Quel est l'effet produit par la majuscule du mot « Amour » (v. 9) ?
7. L'amour évoqué est-il charnel ou idéal ?
8. Sur quel sentiment le poème se termine-t-il ? En quoi peut-on dire que ce sonnet se clôt sur une boucle ?
9. En quoi la confusion du sentiment contraste-t-elle avec la forme du sonnet ? Que fait la poétesse de ses émotions ?

Langue

10. Quel est le sujet et le COD des verbes « mène » (v. 9) et « remet » (v. 14) ? Quelle est la position du *je* par rapport au sentiment ?
11. Relevez tous les verbes conjugués. Quel est le temps employé dans ce poème ? Donnez sa valeur.

Pour aller plus loin

12. Faites une recherche sur le sonnet (origine, introduction en France, différents schémas de rimes).
13. Louise Labé était apparentée à l'école lyonnaise. Faites une recherche sur cette école poétique.

✳ À retenir

Dans la lignée du poète italien **Pétrarque**, dont toute l'**école lyonnaise** se réclame, Louise Labé chante les tourments et les délices de l'**amour**. L'**antithèse**, qui fonde le poème, souligne les émotions contradictoires d'un *je* ballotté par la passion. Cependant, la poétesse domine l'amour en l'enfermant dans l'espace contraint du **sonnet**.

Clefs d'analyse

*

Tant que mes yeux pourront larmes épandre
À l'heur passé avec toi regretter :
Et qu'aux sanglots et soupirs résister
Pourra ma voix et un peu faire entendre :

5 Tant que ma main pourra les cordes tendre
Du mignard[1] luth[2], pour tes grâces chanter :
Tant que l'esprit se voudra contenter
De ne vouloir rien fors que toi[3] comprendre[4] :

Je ne souhaite encore point mourir.
10 Mais quand mes yeux je sentirai tarir,
Ma voix cassée, et ma main impuissante,

Et mon esprit en ce mortel séjour
Ne pouvant plus montrer signe d'amante :
Prierai la Mort noircir mon plus clair jour.

Sonnets, 1555.

---

1. **Mignard :** gracieux.
2. **Luth :** instrument de musique qui, comme la lyre, symbolise l'inspiration poétique.
3. **Fors que toi :** à part toi.
4. **Comprendre :** contenir.

Agrippa d'Aubigné
(1552-1630)

Dès son plus jeune âge, Agrippa d'Aubigné est confronté à l'horreur des guerres de Religion qui ensanglantent la France entre 1562 et 1598. Il n'a pas huit ans lorsque son père, combattant calviniste, lui fait jurer de venger les conjurés d'Amboise décapités. À l'âge de onze ans, il se bat déjà, les armes à la main. Il sera de tous les combats, au côté d'Henri de Navarre, futur Henri IV. Dans son chef-d'œuvre épique, *Les Tragiques*, transparaît ce que la postérité appellera l'esthétique baroque.

[…] Je veux peindre la France une mère[1] affligée,
Qui est, entre ses bras, de deux enfants chargée.
Le plus fort, orgueilleux, empoigne les deux bouts
Des tétins nourriciers ; puis, à force de coups
5   D'ongles, de poings, de pieds, il brise le partage[2]
Dont nature donnait à son besson[3] l'usage ;
Ce voleur acharné, cet Ésaü[4] malheureux,
Fait dégât du doux lait qui doit nourrir les deux,
Si que[5], pour arracher à son frère la vie,
10   Il méprise la sienne et n'en a plus d'envie.
Mais son Jacob, pressé[6] d'avoir jeûné meshui[7],
Ayant dompté longtemps en son cœur son ennui[8],
À la fin se défend, et sa juste colère

---

1. **Peindre la France une mère :** peindre la France sous les traits d'une mère.
2. **Partage :** lot.
3. **Besson :** frère jumeau.
4. **Ésaü :** allusion à un épisode de l'Ancien Testament. Fils d'Isaac, Ésaü et son frère jumeau Jacob se disputent le droit d'aînesse. Jacob est l'élu de Dieu et Ésaü le persécute. Ésaü représente les catholiques, tandis que Jacob incarne les protestants.
5. **Si que :** à tel point que.
6. **Pressé :** accablé.
7. **Meshui :** aujourd'hui.
8. **Ennui :** tourment, supplice.

Rend à l'autre un combat dont le champ est la mère.
15 Ni les soupirs ardents, les pitoyables cris,
Ni les pleurs réchauffés[1] ne calment leurs esprits ;
Mais leur rage les guide et leur poison les trouble,
Si bien que leur courroux[2] par leurs coups se redouble.
Leur conflit se rallume et fait[3] si furieux
20 Que d'[4]un gauche[5] malheur ils se crèvent les yeux.
Cette femme éplorée, en sa douleur plus forte[6],
Succombe à la douleur, mi-vivante, mi-morte ;
Elle voit les mutins[7], tout déchirés, sanglants,
Qui, ainsi que du cœur, des mains se vont cherchant.
25 Quand, pressant à son sein d'une amour maternelle
Celui qui a le droit et la juste querelle,
Elle veut le sauver, l'autre, qui n'est pas las[8],
Viole, en poursuivant, l'asile de ses bras.
Adonc[9] se perd le lait, le suc de sa poitrine ;
30 Puis, aux derniers abois[10] de sa proche ruine,
Elle dit : « Vous avez, félons[11], ensanglanté
Le sein qui vous nourrit et qui vous a porté[12] ;
Or[13], vivez de venin, sanglante géniture[14],
Je n'ai plus que du sang pour votre nourriture ! »

Les Tragiques, « Misères », livre I, vers 97-130, 1616.

---

1. **Réchauffés :** redoublés.
2. **Courroux :** fureur, colère.
3. **Fait :** devient.
4. **D' :** par.
5. **Gauche :** sinistre.
6. **En sa douleur plus forte :** au comble de la douleur.
7. **Mutins :** révoltés.
8. **Las :** lassé de combattre.
9. **Adonc :** alors.
10. **Aux [...] abois :** terme de chasse, employé au moment où l'animal traqué est encerclé et condamné.
11. **Félons :** traîtres, créatures déloyales et ingrates.
12. **Porté :** aujourd'hui on écrirait « portés ». L'accord du participe passé sera encore fluctuant jusqu'au XVIIe siècle.
13. **Or :** maintenant.
14. **Géniture :** progéniture, descendance.

François de Malherbe
(1555-1628)

François de Malherbe doit attendre la soixantaine passée pour rencontrer le succès. Henri IV s'intéresse à ses vers et fait de lui un poète de cour. Il le restera jusqu'à sa mort, traversant la régence de Marie de Médicis et le règne de Louis XIII. Il élabore peu à peu une doctrine fondée sur la rigueur, la clarté, l'harmonie du beau vers régulier et contraint, la pureté d'une langue simple où chaque mot est pesé. Le classicisme en poésie est né, et c'est à Malherbe qu'on le doit.

Beauté, mon beau souci, de qui l'âme incertaine[1]
A, comme l'Océan, son flux et son reflux,
Pensez de[2] vous résoudre à soulager ma peine,
Ou je me vais résoudre à ne le souffrir[3] plus.

5 Vos yeux ont des appas[4] que j'aime et que je prise[5],
Et qui peuvent beaucoup dessus ma liberté ;
Mais pour me retenir, s'ils font cas de ma prise,
Il leur faut de l'amour autant que de beauté.

Quand je pense être au point que cela s'accomplisse,
10 Quelque excuse toujours en empêche l'effet ;
C'est la toile sans fin de la femme d'Ulysse[6],
Dont l'ouvrage du soir au matin se défait.

---

1. **Incertaine :** indécise.
2. **De :** à.
3. **Souffrir :** supporter, tolérer.
4. **Appas :** attraits, charmes.
5. **Prise :** apprécie.
6. **La femme d'Ulysse :** dans *L'Odyssée* d'Homère, Pénélope est sommée de choisir un nouvel époux pour remplacer Ulysse, parti depuis près de vingt ans. Pénélope promet de choisir un mari lorsqu'elle aura achevé de tisser le linceul de son beau-père. Mais son ouvrage ne se finit jamais car, chaque nuit, elle défait ce qu'elle a tissé durant le jour.

Madame, avisez-y[1], vous perdez votre gloire
De me l'avoir promis, et vous rire de moi ;
15 S'il ne vous en souvient vous manquez de mémoire,
Et s'il vous en souvient vous n'avez point de foi[2].

J'avais toujours fait compte[3], aimant chose si haute,
De ne m'en séparer qu'avecque[4] le trépas[5] ;
S'il arrive autrement ce sera votre faute,
20 De faire des serments et ne les tenir pas.

Œuvres, 1630.
Adaptation orthographique Larousse.

---

1. **Avisez-y :** réfléchissez-y.
2. **Foi :** loyauté, honneur.
3. **Fait compte :** eu l'intention.
4. **Avecque :** avec.
5. **Le trépas :** la mort.

62

Clefs d'analyse

Genre ou thèmes

1. À qui le poète s'adresse-t-il ? Relevez les deux apostrophes dans le poème.

2. Quelle figure de style repérez-vous dans la première stance ? Expliquez cette figure.

3. Dans la troisième stance, expliquez l'allusion à « la femme d'Ulysse ». Que symbolise Pénélope dans la mythologie ? Et ici ?

4. Quel argument le poète avance-t-il dans la quatrième stance ?

5. De quoi menace-t-il la dame dans la cinquième stance ?

6. Que désignent les expressions et mots suivants : « soulager ma peine » (v. 3), « le » (v. 4), « cela » (v. 9), « l' » (v. 14), « s'il arrive autrement » (v. 19) ? Comment s'appelle la figure de style qui consiste à atténuer une idée désagréable ? Montrez que le poète fait preuve de bienséance malgré la fermeté de sa réclamation.

7. Quels compliments le poète adresse-t-il à la dame ? En quoi peut-on dire qu'il s'inscrit dans une tradition courtoise (voir note 3, p. 17) ? En quoi s'en démarque-t-il ?

Langue

8. Malherbe est célèbre pour avoir soumis le vers à un certain nombre de règles. Illustrez chacune des lois suivantes par des exemples pris dans le poème : la syntaxe et le vers doivent coïncider, les ponctuations fortes sont régulières, la strophe est marquée par une forte pause en son milieu, les rimes masculines et féminines sont strictement alternées, l'alexandrin est césuré à l'hémistiche.

Pour aller plus loin

9. De quelle esthétique Malherbe est-il le fondateur ?

✳ À retenir

La poésie courtoise et le *Canzoniere* de Pétrarque avaient créé le mythe littéraire de l'amant idolâtre et soumis. Malherbe en prend le contrepied dans ces stances à l'esthétique **classique**, où s'exprime avec **mesure** la **protestation** de l'amoureux éconduit par une coquette cruelle.

Théophile de Viau
(1590-1626)

Théophile de Viau, qu'au XVIIᵉ siècle on appelle par son seul prénom, naît dans une famille protestante mais fréquente rapidement les milieux libertins. Son athéisme lui vaut plusieurs condamnations : la prison en 1619, le bûcher en 1623, commué en bannissement en 1625. Libre penseur, Théophile de Viau est aussi un libre poète, qui se démarque de la rigueur prônée par Malherbe. « Je veux faire des vers qui ne soient pas contraints [...] composer un quatrain sans songer à le faire », telle est sa doctrine.

Le Matin

L'aurore sur le front du jour
Sème l'azur, l'or et l'ivoire,
Et le soleil, lassé de boire,
Commence son oblique tour.

5 Ses chevaux, au sortir de l'onde,
De flamme et de clarté couverts,
La bouche et les naseaux ouverts,
Ronflent la lumière du monde.

La lune fuit devant nos yeux ;
10 La nuit a retiré ses voiles ;
Peu à peu le front des étoiles
S'unit à la couleur des cieux.

Déjà la diligente avette[1]
Boit la marjolaine et le thym,

---

1. **La diligente avette :** l'abeille rapide.

15 Et revient riche du butin
    Qu'elle a pris sur le mont Hymette[1]. [...]

    Je vois les agneaux bondissants
    Sur ces blés qui ne font que naître ;
    Cloris[2], chantant, les mène paître,
20 Parmi ces coteaux verdissants.

    Les oiseaux, d'un joyeux ramage[3],
    En chantant semblent adorer
    La lumière qui vient dorer
    Leur cabinet[4] et leur plumage.

25 La charrue écorche la plaine ;
    Le bouvier[5], qui suit les sillons,
    Presse de voix et d'aiguillons[6]
    Le couple de bœufs qui l'entraîne.

    Alix apprête[7] son fuseau[8] ;
30 Sa mère, qui lui fait[9] la tâche,
    Presse le chanvre qu'elle attache
    À sa quenouille de roseau.

    Une confuse violence
    Trouble le calme de la nuit,
35 Et la lumière, avec le bruit,
    Dissipe l'ombre et le silence.

---

1. **Le mont Hymette :** mont, situé près d'Athènes, célèbre pour ses abeilles et son miel.
2. **Cloris :** Cloris, Alix, Alidor, Iris et Philis sont des prénoms inspirés de la littérature pastorale. La mode était alors aux noms grecs.
3. **Ramage :** chant (d'oiseau).
4. **Cabinet :** ici, nid.
5. **Bouvier :** paysan qui conduit les bœufs.
6. **Aiguillon :** bâton muni d'une pointe de fer, qui sert à faire avancer les bœufs.
7. **Apprête :** prépare.
8. **Fuseau, quenouille :** instruments qui servent à filer la laine ou le chanvre.
9. **Fait :** prépare.

Alidor cherche à son réveil
L'ombre d'Iris qu'il a baisée[1],
Et pleure en son âme abusée[2]
40   La fuite d'un si doux sommeil.

Les bêtes sont dans leur tanière,
Qui tremblent de voir le soleil.
L'homme, remis[3] par le sommeil,
Reprend son œuvre coutumière [...]

45   Cette chandelle semble morte,
Le jour la fait évanouir ;
Le soleil vient nous éblouir :
Vois qu'il passe au travers la porte !

Il est jour : levons-nous, Philis ;
50   Allons à notre jardinage,
Voir s'il est, comme ton visage,
Semé de roses et de lys.

Recueil, extraits, 1625.

---

1. **Baisée :** embrassée.
2. **Abusée :** trompée par un rêve.
3. **Remis :** reposé, rétabli.

Marc Antoine de Saint-Amant
(1594-1661)

Marc Antoine Girard, sieur de Saint-Amant, naît à Rouen dans une famille de navigateurs protestants. Lui-même grand voyageur, il parcourt l'Amérique et l'Afrique, et visite de nombreuses cours d'Europe. À partir des années 1620, il fréquente les milieux littéraires (libertins, surtout), les cabarets et les lieux de ripaille. Volontiers provocateur et un brin canaille, il aime à se peindre comme un bon vivant, un épicurien. Saint-Amant est de ces burlesques qui secouèrent le très sérieux siècle classique.

Le Paresseux

Accablé de paresse et de mélancolie,
Je rêve dans un lit où je suis fagoté[1],
Comme un lièvre sans os qui dort dans un pâté,
Ou comme un Don Quichotte[2] en sa morne folie.

5   Là, sans me soucier des guerres d'Italie[3],
Du comte Palatin[4], ni de sa royauté,
Je consacre un bel hymne à cette oisiveté[5]
Où mon âme en langueur[6] est comme ensevelie.

---

1. **Fagoté :** installé.
2. **Don Quichotte :** héros du roman *L'Ingénieux Hidalgo Don Quichotte de la Manche* (1605-1615) de Miguel de Cervantès. Don Quichotte incarne la folie du rêveur idéaliste nourri des romans de chevalerie du Moyen Âge.
3. **Guerres d'Italie :** aux XVIe et XVIIe siècles, l'Italie, convoitée et morcelée, fut le théâtre de nombreuses guerres.
4. **Comte Palatin :** titre de noblesse du Saint Empire romain germanique.
5. **Oisiveté :** inactivité.
6. **Langueur :** abattement, engourdissement.

Je trouve ce plaisir si doux et si charmant,
10 Que je crois que les biens[1] me viendront en dormant,
Puisque je vois déjà s'en enfler ma bedaine[2],

Et hais tant le travail, que les yeux entr'ouverts,
Une main hors des draps, cher Baudoin, à peine
Ai-je pu me résoudre à t'écrire ces vers.

Œuvres, 1629.

1. **Biens :** biens matériels, richesses.
2. **Bedaine :** gros ventre. Saint-Amant aimait à évoquer son embonpoint et son solide appétit.

Pierre de Marbeuf
(1596-1645)

Pierre de Marbeuf, seigneur d'Ymare et de Sahurs, naît en Normandie et fait ses études au collège jésuite de La Flèche, aux côtés de René Descartes. Après des études de droit à Orléans et un séjour dans les cours de Lorraine et de Savoie, il est nommé maître des Eaux et Forêts dans sa province natale. Marbeuf fut assez vite oublié, mais le sonnet présenté ici est resté très célèbre, comme un exemple incontournable de la fluidité et des contrastes baroques.

Et la mer et l'amour ont l'amer pour partage,
Et la mer est amère, et l'amour est amer,
L'on s'abîme[1] en l'amour aussi bien qu'en la mer,
Car la mer et l'amour ne sont point sans orage.

5   Celui qui craint les eaux, qu'il demeure au rivage,
Celui qui craint les maux qu'on souffre pour aimer,
Qu'il ne se laisse pas à l'amour enflammer,
Et tous deux ils seront sans hasard[2] de naufrage.

La mère de l'amour[3] eut la mer pour berceau,
10 Le feu sort de l'amour, sa mère sort de l'eau,
Mais l'eau contre ce feu ne peut fournir des armes.

Si l'eau pouvait éteindre un brasier[4] amoureux,
Ton amour qui me brûle est si fort douloureux,
Que j'eusse éteint son feu de la mer de mes larmes.

Recueil de vers, 1628.
Adaptation orthographique Larousse.

---

1. **S'abîme :** est englouti.
2. **Sans hasard :** sans risque.
3. **La mère de l'amour :** allusion à la déesse Vénus, née de l'écume de la mer. Vénus est la mère de Cupidon.
4. **Brasier :** feu.

Vincent Voiture (1597-1648)

Le nom de Vincent Voiture est indissociable de l'hôtel de Rambouillet, ce haut lieu de la préciosité dont il fut l'animateur pendant plus de vingt ans. Dans la fameuse chambre bleue de la marquise, les plus beaux esprits de Paris se livrent à toutes sortes de jeux littéraires et de joutes poétiques. « La Belle Matineuse » est le résultat d'une querelle de sonnets qui opposa Voiture à Claude de Malleville. Brodant sur le thème de la femme aimée qui s'éveille, chacun proposa son sonnet.

La Belle Matineuse

Des portes du matin l'Amante de Céphale[1],
Ses roses épandait dans le milieu des airs,
Et jetait sur les cieux nouvellement ouverts
Ces traits d'or et d'azur qu'en naissant elle étale,

5   Quand la Nymphe divine[2], à mon repos fatale,
Apparut, et brilla de tant d'attraits divers,
Qu'il semblait qu'elle seule éclairait l'Univers
Et remplissait de feux la rive Orientale.

Le Soleil se hâtant pour[3] la gloire des Cieux
10   Vint opposer sa flamme à l'éclat de ses yeux,
Et prit tous les rayons dont l'Olympe[4] se dore.

L'onde, la terre et l'air s'allumaient alentour :
Mais auprès de Philis on le prit pour l'Aurore,
Et l'on crut que Philis était l'astre du jour.

Œuvres, 1649.

---

1. **L'Amante de Céphale :** périphrase qui désigne l'Aurore. Dans la mythologie grecque, Céphale est enlevé par la déesse Aurore qui en fait son amant.
2. **La Nymphe divine :** Philis, la femme aimée. Philis est le nom conventionnel de l'aimée dans la littérature galante.
3. **Pour :** pour assurer.
4. **Olympe :** mont où vivent les dieux de la mythologie grecque.

Jean de La Fontaine
(1621-1695)

« Rien ne sert de courir, il faut partir à point », « Tel est pris qui croyait prendre », « On a souvent besoin d'un plus petit que soi »... Un peu comme M. Jourdain qui fait de la prose sans le savoir, nous citons très souvent les *Fables* de La Fontaine sans même nous en rendre compte. Peu d'écrivains ont à ce point imprégné notre culture et notre langue. Ces fables qui regardent l'homme en peignant les animaux sont, par leur verbe délicat et malicieux, un monument de notre littérature.

Le Loup et le Chien

Un Loup n'avait que les os et la peau,
    Tant les chiens faisaient bonne garde.
Ce Loup rencontre un Dogue[1] aussi puissant que beau,
Gras, poli, qui s'était fourvoyé[2] par mégarde.
5   L'attaquer, le mettre en quartiers,
    Sire Loup l'eût fait volontiers ;
    Mais il fallait livrer bataille,
    Et le Mâtin[3] était de taille
    À se défendre hardiment[4].
10   Le Loup donc l'aborde humblement[5],
    Entre en propos[6], et lui fait compliment
    Sur son embonpoint[7], qu'il admire.
    « Il ne tiendra qu'à vous, beau sire,
D'être aussi gras que moi, lui repartit le Chien.

---

1. **Dogue :** gros chien de garde.
2. **Fourvoyé :** perdu, éloigné de son territoire.
3. **Mâtin :** gros chien.
4. **Hardiment :** vaillamment, bravement.
5. **Humblement :** avec humilité, respect.
6. **Entre en propos :** engage la conversation.
7. **Son embonpoint :** sa bonne santé et ses rondeurs.

15   Quittez les bois, vous ferez bien :
        Vos pareils y sont misérables,
        Cancres, hères[1], et pauvres diables,
Dont la condition est de mourir de faim.
Car quoi ? rien d'assuré ; point de franche lippée[2] ;
20   Tout à la pointe de l'épée.
Suivez-moi, vous aurez un bien meilleur destin. »
        Le Loup reprit : « Que me faudra-t-il faire ?
– Presque rien, dit le Chien : donner la chasse aux gens
        Portants[3] bâtons, et mendiants ;
25 Flatter ceux du logis, à son maître complaire :
            Moyennant quoi[4] votre salaire
Sera force reliefs[5] de toutes les façons,
            Os de poulets, os de pigeons,
            Sans parler de mainte caresse. »
30 Le Loup déjà se forge une félicité[6]
            Qui le fait pleurer de tendresse.
Chemin faisant, il vit le cou du Chien pelé.
« Qu'est-ce là ? lui dit-il. – Rien. – Quoi ? rien ? – Peu de chose.
– Mais encor ? – Le collier dont je suis attaché
35 De ce que vous voyez est peut-être la cause.
– Attaché ? dit le Loup : vous ne courez donc pas
        Où vous voulez ? – Pas toujours ; mais qu'importe ?
– Il importe si bien, que de tous vos repas
            Je ne veux en aucune sorte,
40 Et ne voudrais pas même à ce prix un trésor. »
Cela dit, maître Loup s'enfuit, et court encor.

Fables, I, 5, 1668.

---

1. **Hères :** misérables.
2. **Franche lippée :** bon repas.
3. **Portants :** aujourd'hui, on écrirait « portant ». L'accord du participe présent est encore fluctuant à l'époque de La Fontaine. L'Académie française ne tardera pas à y mettre bon ordre.
4. **Moyennant quoi :** en échange de quoi.
5. **Force reliefs :** des restes en abondance.
6. **Se forge une félicité :** s'imagine un bien-être.

Le Loup et le Chien de Jean de La Fontaine,
illustré par Grandville.

Clefs d'analyse

Clefs d'analyse

Genre ou thèmes

1. À quel genre ce poème appartient-il ?
2. De quelle manière le Loup aborde-t-il le Chien ? Pourquoi ?
3. Dans le dialogue, repérez les paroles du Loup, celles du Chien, les interventions du narrateur.
4. Quels procédés traduisent la suffisance du Chien ? Quel genre de vie mène-t-il ? et le Loup ?
5. Quel détail empêche le Loup de suivre le Chien ?
6. Montrez que les deux animaux sont personnifiés et incarnent deux conceptions opposées de la vie humaine. Quelle attitude chacun incarne-t-il ?
7. De quel personnage le narrateur vous semble-t-il le plus proche ? Justifiez votre réponse.
8. Quelle est la moralité de cette fable ? Est-elle formulée explicitement ?
9. Selon La Fontaine, le moraliste se doit de plaire au lecteur pour mieux l'instruire. D'après vous, en quoi cette fable est-elle plaisante ?

Langue

10. Quel est le temps verbal dominant dans cette fable ? Donnez ses différentes valeurs.
11. Quelle est la nature des mots « hardiment » et « humblement » ? Comment sont-ils formés ?

Écriture

12. Imaginez que le Loup tente de convaincre le Chien de troquer son confort contre la liberté.

✳ À retenir

« Il faut **instruire** et **plaire** », disait La Fontaine. Ou encore : « Une morale nue apporte de l'ennui : le conte fait passer le précepte avec lui. » C'est ainsi qu'une rencontre anecdotique entre un chien bien nourri et un loup affamé met à jour deux conceptions différentes de la vie humaine : confort et **servitude** pour l'un, précarité et **liberté** pour l'autre.

LE CHÊNE ET LE ROSEAU .

Fable XXII Livre I

Le Chêne et le Roseau de Jean de La Fontaine,
gravure de De Villier (d'après Jean-Michel Moreau Le Jeune).

*

Le Chêne et le Roseau

Le Chêne un jour dit au Roseau :
« Vous avez bien sujet[1] d'accuser la nature ;
Un roitelet[2] pour vous est un pesant fardeau ;
    Le moindre vent qui d'aventure
5   Fait rider la face de l'eau,
    Vous oblige à baisser la tête,
Cependant que mon front, au Caucase[3] pareil,
Non content d'arrêter les rayons du soleil,
    Brave l'effort de la tempête.
10 Tout vous est aquilon[4], tout me semble zéphyr[5].
Encor si vous naissiez à l'abri du feuillage
    Dont je couvre le voisinage,
    Vous n'auriez pas tant à souffrir :
    Je vous défendrais de l'orage ;
15   Mais vous naissez le plus souvent
Sur les humides bords des royaumes du vent.
La nature envers vous me semble bien injuste.
– Votre compassion[6], lui répondit l'Arbuste,
Part d'un bon naturel ; mais quittez ce souci :
20   Les vents me sont moins qu'à vous redoutables ;
Je plie, et ne romps pas. Vous avez jusqu'ici
    Contre leurs coups épouvantables
    Résisté sans courber le dos ;
Mais attendons la fin. » Comme il disait ces mots,
25 Du bout de l'horizon accourt avec furie
    Le plus terrible des enfants
Que le Nord eût portés jusque-là dans ses flancs[7].

---

1. **Vous avez bien sujet :** vous avez bien des raisons.
2. **Roitelet :** tout petit oiseau.
3. **Caucase :** chaîne de très hautes montagnes, qui s'étend de la Russie à la Turquie.
4. **Aquilon :** vent violent.
5. **Zéphyr :** vent doux et léger.
6. **Compassion :** pitié.
7. **Le plus terrible [...] dans ses flancs :** un terrible vent venu du nord.

L'Arbre tient bon ; le Roseau plie.
Le vent redouble ses efforts,
30   Et fait si bien qu'il déracine
Celui de qui la tête au ciel était voisine,
Et dont les pieds touchaient à l'empire des morts.

Fables, I, 22, 1668.

*

Les Animaux malades de la peste

Un mal qui répand la terreur,
Mal que le Ciel en sa fureur
Inventa pour punir les crimes de la terre,
La peste (puisqu'il faut l'appeler par son nom),
5   Capable d'enrichir en un jour l'Achéron[1],
Faisait aux animaux la guerre.
Ils ne mouraient pas tous, mais tous étaient frappés ;
On n'en voyait point d'occupés
À chercher le soutien d'une mourante vie ;
10   Nul mets[2] n'excitait leur envie,
Ni Loups ni Renards n'épiaient
La douce et l'innocente proie ;
Les Tourterelles se fuyaient :
Plus d'amour, partant[3] plus de joie.
15   Le Lion tint conseil, et dit : « Mes chers amis,
Je crois que le Ciel a permis
Pour nos péchés cette infortune.
Que le plus coupable de nous
Se sacrifie aux traits[4] du céleste courroux[5] ;
20   Peut-être il obtiendra la guérison commune.
L'histoire nous apprend qu'en de tels accidents

---

1. **Achéron :** fleuve des Enfers dans la mythologie grecque.
2. **Mets :** plat délicat et appétissant.
3. **Partant :** par conséquent.
4. **Traits :** flèches.
5. **Courroux :** colère.

On fait de pareils dévouements[1].
Ne nous flattons donc point ; voyons sans indulgence
    L'état de notre conscience.
25   Pour moi, satisfaisant mes appétits gloutons,
    J'ai dévoré force[2] moutons.
    Que m'avaient-ils fait ? Nulle offense ;
Même il m'est arrivé quelquefois de manger
      Le berger.
30   Je me dévouerai donc, s'il le faut : mais je pense
Qu'il est bon que chacun s'accuse ainsi que moi :
Car on doit souhaiter, selon toute justice,
    Que le plus coupable périsse.
    – Sire, dit le Renard, vous êtes trop bon roi ;
35   Vos scrupules font voir trop de délicatesse.
Eh bien ! manger moutons, canaille, sotte espèce,
Est-ce un péché ? Non, non. Vous leur fîtes, Seigneur,
    En les croquant, beaucoup d'honneur ;
    Et quant au berger, l'on peut dire
40   Qu'il était digne de tous maux,
Étant de ces gens-là qui sur les animaux
    Se font un chimérique empire[3]. »
Ainsi dit le Renard ; et flatteurs d'applaudir.
    On n'osa trop approfondir
45   Du Tigre, ni de l'Ours, ni des autres puissances,
    Les moins pardonnables offenses.
Tous les gens querelleurs[4], jusqu'aux simples Mâtins,
Au dire de chacun, étaient de petits saints.
L'Âne vint à son tour, et dit : « J'ai souvenance
50   Qu'en un pré de moines passant,
La faim, l'occasion, l'herbe tendre, et, je pense,
    Quelque diable aussi me poussant,
Je tondis de ce pré la largeur de ma langue.
Je n'en avais nul droit, puisqu'il faut parler net[5]. »

---

1. **Dévouements :** sacrifices.
2. **Force :** de nombreux.
3. **Se font un chimérique empire :** s'imaginent avoir du pouvoir.
4. **Querelleurs :** agressifs, bagarreurs.
5. **Net :** franchement.

55   À ces mots on cria haro[1] sur le Baudet.
Un Loup, quelque peu clerc[2], prouva par sa harangue[3]
Qu'il fallait dévouer[4] ce maudit animal,
Ce pelé, ce galeux, d'où venait tout leur mal.
Sa peccadille[5] fut jugée un cas pendable[6].
60   Manger l'herbe d'autrui ! quel crime abominable !
        Rien que la mort n'était capable
D'expier son forfait[7] : on le lui fit bien voir.

Selon que vous serez puissant ou misérable,
Les jugements de cour vous rendront blanc ou noir.

Fables, VII, 1, 1678.

---

1. **Haro :** cri que l'on pousse pour réprouver un criminel.
2. **Clerc :** savant, instruit.
3. **Harangue :** discours.
4. **Dévouer :** sacrifier.
5. **Peccadille :** petite faute.
6. **Pendable :** passible de la pendaison.
7. **Expier son forfait :** effacer son crime.

Clefs d'analyse

Clefs d'analyse

Genre ou thèmes

1. Quel fléau frappe le royaume au début du récit ? D'où vient-il ? Par quels procédés le malheur s'exprime-t-il (v. 1-14) ?

2. Que représente le Lion ? Que propose-t-il ? Montrez qu'il se place au même niveau que ses sujets (observez l'apostrophe et les pronoms personnels).

3. Le Lion cherche-t-il à minimiser ses fautes ? Quel mot amorce un changement de ton ? Est-il vraiment au même niveau que ses sujets ?

4. Quel est le propos du Renard ? Quel type d'homme représente-t-il ? Se confesse-t-il ?

5. Pourquoi laisse-t-on les « gens querelleurs » dire qu'ils sont des « petits saints » ? Qu'inspirent-ils aux autres animaux ? Relevez le verbe qui le montre.

6. Quelle faute l'Âne avoue-t-il ? Comment le narrateur la désigne-t-il ? Comparez les péchés de l'Âne et du Lion.

7. Qu'arrive-t-il à l'Âne ? Par qui et pourquoi est-il désigné comme le plus coupable ?

8. Cette fable est-elle une satire : de l'hypocrisie des puissants ? de la justice qui favorise les puissants ? des misérables qui se laissent accuser à tort ? des courtisans flatteurs ? Justifiez votre réponse.

Langue

9. Relevez les verbes conjugués au passé simple de l'indicatif et classez-les en quatre groupes de terminaisons *(a, i, u, in)*.

Pour aller plus loin

10. Par groupes de quatre, répartissez-vous les rôles et jouez cette fable.

> ### ✳ À retenir
>
> La Fontaine est aussi un **satiriste**, brocardant sans relâche les **inégalités** et les **injustices** de son temps. Là encore, les animaux de la fable sont des **hommes** déguisés : le Lion représente le pouvoir royal, le Renard le courtisan rusé et flatteur, et l'Âne le peuple affaibli.

*

Le Héron

Un jour, sur ses longs pieds, allait, je ne sais où,
Le Héron au long bec emmanché[1] d'un long cou.
    Il côtoyait une rivière.
L'onde était transparente ainsi qu'aux plus beaux jours ;
5 Ma commère la Carpe[2] y faisait mille tours,
    Avec le Brochet son compère.
Le Héron en eût fait aisément son profit :
Tous approchaient du bord ; l'Oiseau n'avait qu'à prendre.
    Mais il crut mieux faire d'attendre
10   Qu'il eût un peu plus d'appétit :
Il vivait de régime[3] et mangeait à ses heures.
Après quelques moments, l'appétit vint : l'Oiseau,
    S'approchant du bord, vit sur l'eau
Des tanches qui sortaient du fond de ces demeures.
15 Le mets[4] ne lui plut pas ; il s'attendait à mieux,
    Et montrait un goût dédaigneux[5],
    Comme le Rat du bon Horace[6].
« Moi, des tanches ! dit-il ; moi, Héron, que je fasse
Une si pauvre chère[7] ? Et pour qui me prend-on ? »
20 La tanche rebutée[8], il trouva du goujon.
« Du goujon ! c'est bien là le dîner d'un Héron !
J'ouvrirais pour si peu le bec ! aux dieux ne plaise ! »
Il l'ouvrit pour bien moins : tout alla de façon
    Qu'il ne vit plus aucun poisson.
25 La faim le prit : il fut tout heureux et tout aise
    De rencontrer un limaçon.

---

1. **Emmanché de :** relié à.
2. **Carpe, brochet, tanches, goujon :** poissons.
3. **Vivait de régime :** suivait un régime sain.
4. **Mets :** plat, nourriture.
5. **Dédaigneux :** méprisant.
6. **Le Rat du bon Horace :** dans les *Satires*, le poète latin Horace raconte l'histoire du Rat des villes qui méprisa le repas que lui offrit le Rat des champs.
7. **Une si pauvre chère :** un si mauvais repas.
8. **Rebutée :** mise de côté, refusée.

Ne soyons pas si difficiles :
Les plus accommodants[1], ce sont les plus habiles ;
On hasarde[2] de perdre en voulant trop gagner.
30   Gardez-vous de rien dédaigner,
Surtout quand vous avez à peu près votre compte.
Bien des gens y sont pris. Ce n'est pas aux hérons
Que je parle ; écoutez, humains, un autre conte[3] :
Vous verrez que chez vous j'ai puisé ces leçons.

Fables, VII, 4, 1678.

*

Les Deux Pigeons

Deux Pigeons s'aimaient d'amour[4] tendre :
L'un d'eux, s'ennuyant au logis,
Fut assez fou pour entreprendre
Un voyage en lointain pays.
5   L'autre lui dit : « Qu'allez-vous faire ?
Voulez-vous quitter votre frère ?
L'absence est le plus grand des maux :
Non pas pour vous, cruel ! Au moins, que les travaux[5],
Les dangers, les soins[6] du voyage,
10   Changent un peu votre courage[7].
Encor, si la saison s'avançait davantage !
Attendez les zéphyrs : qui vous presse ? un Corbeau
Tout à l'heure annonçait malheur à quelque Oiseau.
Je ne songerai plus que rencontre funeste[8],

---

1. **Les plus accommodants :** ceux qui se satisfont de peu.
2. **Hasarde :** risque.
3. **Un autre conte :** la fable suivante, dans le livre VII des *Fables*, s'appelle « La Fille ». Une jeune fille, en âge de se marier, méprise tous les prétendants qui s'offrent à elle. Finalement le temps passe et elle doit se satisfaire d'un « malotru ».
4. **Amour :** sentiment amoureux mais aussi amical, fraternel.
5. **Travaux :** peines, fatigues.
6. **Soins :** tracas.
7. **Courage :** ici, résolution.
8. **Funeste :** malheureuse.

15　　Que Faucons, que réseaux[1]. Hélas ! dirai-je, il pleut :
　　　　　Mon frère a-t-il tout ce qu'il veut,
　　　　　Bon soupé, bon gîte[2], et le reste ? »
　　　　　Ce discours ébranla le cœur
　　　　　De notre imprudent voyageur ;
20　　Mais le désir de voir et l'humeur inquiète[3]
　　　　L'emportèrent enfin. Il dit : « Ne pleurez point ;
　　　　Trois jours au plus rendront mon âme satisfaite ;
　　　　Je reviendrai dans peu conter de point en point
　　　　　Mes aventures à mon frère ;
25　　Je le désennuierai. Quiconque ne voit guère
　　　　N'a guère à dire aussi. Mon voyage dépeint[4]
　　　　　Vous sera d'un plaisir extrême.
　　　　Je dirai : J'étais là ; telle chose m'avint[5] ;
　　　　　Vous y croirez être vous-même. »
30　　À ces mots, en pleurant, ils se dirent adieu.
　　　　Le voyageur s'éloigne ; et voilà qu'un nuage
　　　　L'oblige de chercher retraite en quelque lieu.
　　　　Un seul arbre s'offrit, tel encor que l'orage
　　　　Maltraita le Pigeon en dépit du feuillage.
35　　L'air devenu serein, il part tout morfondu[6],
　　　　Sèche du mieux qu'il peut son corps chargé de pluie ;
　　　　Dans un champ à l'écart voit du blé répandu,
　　　　Voit un Pigeon auprès : cela lui donne envie ;
　　　　Il y vole, il est pris : ce blé couvrait d'un las[7]
40　　　　Les menteurs et traîtres appas.
　　　　Le las était usé : si bien que, de son aile,
　　　　De ses pieds, de son bec, l'Oiseau le rompt enfin :
　　　　Quelque plume y périt ; et le pis[8] du destin
　　　　Fut qu'un certain Vautour, à la serre[9] cruelle,

---

1. **Réseaux :** filets.
2. **Gîte :** abri.
3. **Inquiète :** qui ne saurait rester au repos.
4. **Dépeint :** raconté.
5. **M'avint :** m'arriva.
6. **Morfondu :** mouillé et transi.
7. **Las :** piège.
8. **Pis :** pire.
9. **Serre :** griffe.

45 Vit notre malheureux, qui, traînant la ficelle
Et les morceaux du las qui l'avait attrapé,
    Semblait un forçat[1] échappé.
Le Vautour s'en allait le lier[2], quand des nues[3]
Fond à son tour un Aigle aux ailes étendues.
50 Le Pigeon profita du conflit des voleurs,
S'envola, s'abattit auprès d'une masure,
    Crut, pour ce coup, que ses malheurs
    Finiraient par cette aventure ;
Mais un fripon d'enfant (cet âge est sans pitié)
55 Prit sa fronde[4] et, du coup, tua plus d'à moitié
    La volatile[5] malheureuse,
Qui, maudissant sa curiosité,
    Traînant l'aile et tirant le pié[6],
    Demi-morte et demi-boiteuse,
60   Droit au logis s'en retourna :
    Que bien, que mal[7], elle arriva
    Sans autre aventure fâcheuse.
Voilà nos gens rejoints ; et je laisse à juger
De combien de plaisirs ils payèrent leurs peines.

65 Amants, heureux amants, voulez-vous voyager ?
    Que ce soit aux rives prochaines.
Soyez-vous l'un à l'autre un monde toujours beau,
    Toujours divers, toujours nouveau ;
Tenez-vous lieu de tout, comptez pour rien le reste.
70 J'ai quelquefois[8] aimé : je n'aurais pas alors
    Contre le Louvre[9] et ses trésors,
Contre le firmament et sa voûte céleste,

---

1. **Forçat :** prisonnier.
2. **Lier :** attraper.
3. **Des nues :** des hauteurs du ciel.
4. **Fronde :** lance-pierre.
5. **La volatile :** l'oiseau. Le terme est alors féminin.
6. **Pié :** pied.
7. **Que bien, que mal :** tant bien que mal.
8. **Quelquefois :** une fois.
9. **Le Louvre :** palais royal.

Changé[1] les bois, changé les lieux
Honorés par les pas, éclairés par les yeux
75   De l'aimable et jeune bergère
Pour qui, sous le fils de Cythère[2],
Je servis, engagé par mes premiers serments.
Hélas ! quand reviendront de semblables moments ?
Faut-il que tant d'objets[3] si doux et si charmants
80   Me laissent vivre au gré de mon âme inquiète ?
Ah ! si mon cœur osait encor se renflammer !
Ne sentirai-je plus de charme qui m'arrête ?
Ai-je passé le temps d'aimer ?

Fables, IX, 2, 1679.

---

1. **Changé :** échangé.
2. **Le fils de Cythère :** il s'agit de l'Amour. Sa mère, Vénus, est parfois appelée Cythérée, du nom de l'île au large de laquelle elle naquit.
3. **Objets :** terme galant pour désigner les femmes.

Nicolas Boileau
(1636-1711)

Nicolas Boileau consacre sa vie à la littérature. Malgré des études de droit, ce fils de greffier parisien n'envisage pas d'autre carrière que les lettres. Admirateur du poète latin Horace, il compose des satires, puis des épîtres, avant de se tourner vers la poésie didactique et critique. En 1674, il rassemble dans l'*Art poétique* tous les fondements de l'idéal classique : simplicité et naturel, clarté et rigueur, travail et humilité, au service de cette grâce que l'on appelle alors le bon goût...

« L'Art d'écrire »

[...] Quelque sujet qu'on traite, ou plaisant, ou sublime,
Que toujours le bon sens s'accorde avec la rime :
L'un l'autre vainement ils semblent se haïr ;
La rime est une esclave et ne doit qu'obéir.
5 Lorsqu'à la bien chercher d'abord on s'évertue[1],
L'esprit à la trouver aisément s'habitue ;
Au joug de[2] la raison sans peine elle fléchit
Et, loin de la gêner, la sert et l'enrichit.
Mais lorsqu'on la néglige, elle devient rebelle,
10 Et pour la rattraper le sens court après elle.
Aimez donc la raison : que toujours vos écrits
Empruntent d'elle seule et leur lustre et leur prix[3].
La plupart emportés d'une fougue[4] insensée,
Toujours loin du droit sens vont chercher leur pensée :
15 Ils croiraient s'abaisser, dans leurs vers monstrueux,
S'ils pensaient ce qu'un autre a pu penser comme eux.

---

1. **S'évertue :** s'efforce.
2. **Au joug de :** à la contrainte de.
3. **Leur lustre et leur prix :** leur éclat et leur valeur.
4. **Fougue :** emportement.

Évitons ces excès : laissons à l'Italie
De tous ces faux brillants l'éclatante folie[1].
Tout doit tendre au bon sens : mais pour y parvenir
20 Le chemin est glissant et pénible à tenir ;
Pour peu qu'on s'en écarte, aussitôt on se noie.
La raison pour marcher n'a souvent qu'une voie. […]

Il est certains esprits dont les sombres pensées
Sont d'un nuage épais toujours embarrassées ;
25 Le jour de la raison ne le saurait percer.
Avant donc que d'écrire apprenez à penser.
Selon que notre idée est plus ou moins obscure,
L'expression la suit ; ou moins nette, ou plus pure.
Ce que l'on conçoit bien s'énonce clairement,
30 Et les mots pour le dire arrivent aisément.
Surtout qu'en vos écrits la langue révérée[2]
Dans vos plus grands excès[3] vous soit toujours sacrée.
En vain vous me frappez d'un son mélodieux,
Si le terme est impropre[4] ou le tour vicieux[5] :
35 Mon esprit n'admet point un pompeux barbarisme[6],
Ni d'un vers ampoulé[7] l'orgueilleux solécisme[8].
Sans la langue, en un mot, l'auteur le plus divin
Est toujours, quoi qu'il fasse, un méchant[9] écrivain.
Travaillez à loisir, quelque ordre[10] qui vous presse,
40 Et ne vous piquez point[11] d'une folle vitesse :
Un style, si rapide, et qui court en rimant,
Marque moins trop d'esprit que peu de jugement.

---

1. **Laissons à l'Italie […] l'éclatante folie :** allusion à la préciosité italienne portée par le Cavalier Marin, qui fit quelques émules dans les salons français.
2. **Révérée :** respectée, honorée.
3. **Excès :** audaces.
4. **Impropre :** mal choisi.
5. **Le tour vicieux :** la formule imparfaite.
6. **Barbarisme :** faute grossière.
7. **Ampoulé :** compliqué, prétentieux.
8. **Solécisme :** faute de grammaire.
9. **Méchant :** piètre, mauvais.
10. **Quelque ordre :** quelle que soit la commande.
11. **Ne vous piquez point :** n'ayez point la prétention.

J'aime mieux un ruisseau qui, sur la molle arène[1],
Dans un pré plein de fleurs lentement se promène,

45 Qu'un torrent débordé qui, d'un cours orageux,
Roule, plein de gravier, sur un terrain fangeux[2].
Hâtez-vous lentement, et, sans perdre courage,
Vingt fois sur le métier remettez votre ouvrage :
Polissez[3]-le sans cesse et le repolissez ;

50 Ajoutez quelquefois, et souvent effacez.

Art poétique, chant I, vers 27-48 et 147-174, 1674.

---

1. **Arène :** sable.
2. **Fangeux :** boueux.
3. **Polissez :** perfectionnez.

Clefs d'analyse

Genre ou thèmes

1. Notez les marques de la deuxième personne. À qui Boileau s'adresse-t-il ? Quel est le but de ce poème ?

2. V. 1-12 : est-ce le sens qui doit se plier à la rime ou le contraire ? Justifiez votre réponse par des métaphores relevées dans la strophe.

3. V. 13-18 et v. 23-26 : quels excès Boileau condamne-t-il ? À quel courant littéraire fait-il allusion (voir p. 19) ?

4. V. 23-30 : relevez le lexique de la clarté et celui de l'opacité. Quel distique vous semble résumer la strophe ?

5. V. 31-38 : quel précepte Boileau défend-il ? Que condamne-t-il au contraire ? Appuyez-vous sur un relevé de cinq adjectifs péjoratifs.

6. V. 39-50 : observez le champ lexical du travail puis ceux de la vitesse et de la lenteur. Expliquez la métaphore du ruisseau et du torrent. Quel nouveau précepte apparaît dans cette strophe ?

7. Quel est le point commun à tous les conseils énoncés par Boileau ?

Langue

8. Faites une liste des verbes conjugués au mode impératif. Justifiez leur nombre important.

9. Cherchez l'étymologie du mot « poésie ». En quoi peut-on dire que Boileau est un poète, au sens étymologique du terme ?

Pour aller plus loin

10. De quelle esthétique ce poème est-il le manifeste ? Quel poète l'avait initiée ?

11. Trouvez dans ce recueil deux autres poèmes-manifestes.

✳ À retenir

Boileau possède à ce point le don de la formule que certains vers de « L'Art d'écrire » sont devenus proverbiaux. Joignant l'exemple à la théorie, il énonce les grands préceptes du **classicisme** : la soumission de la rime à la **clarté** de la pensée, la **pureté** de la langue, le culte du **travail** artisanal et de la **concision**.

Clefs d'analyse

Voltaire (1694-1778)

François Marie Arouet, dit Voltaire, est l'un des plus grands philosophes et sans doute le plus fécond du siècle des Lumières. Inlassable pourfendeur des injustices de son temps, il passera la plus grande partie de sa vie en retraite, en exil ou en prison. En 1755, un violent tremblement de terre dévaste la ville de Lisbonne et tue 60 000 personnes. Opposé aux théories optimistes du philosophe allemand Leibniz, Voltaire compose le ***Poème sur le désastre de Lisbonne***.

[…] Ô malheureux mortels ! ô terre déplorable !
Ô de tous les mortels assemblage effroyable !
D'inutiles douleurs éternel entretien !
Philosophes trompés qui criez : « Tout est bien[1] » ;
5   Accourez, contemplez ces ruines affreuses,
Ces débris, ces lambeaux, ces cendres malheureuses,
Ces femmes, ces enfants l'un sur l'autre entassés,
Sous ces marbres rompus ces membres dispersés ;
Cent mille infortunés[2] que la terre dévore,
10   Qui, sanglants, déchirés, et palpitants encore,
Enterrés sous leurs toits, terminent sans secours
Dans l'horreur des tourments leurs lamentables jours !
Aux cris demi-formés de leurs voix expirantes[3],
Au spectacle effrayant de leurs cendres fumantes,

---

1. **« Tout est bien » :** doctrine développée par Leibniz dans la *Théodicée*. À ceux qui se demandent comment concilier l'existence du mal avec la bonté et la toute-puissance de Dieu, Leibniz affirme que « tout est bien dans le meilleur des mondes possibles ». Tout ce qui survient, y compris le mal, est nécessaire à un bien infiniment plus grand, orchestré par la Providence. La critique voltairienne du « Tout est bien » est aussi au cœur du conte philosophique *Candide ou l'Optimisme*.
2. **Infortunés :** malheureux.
3. **Expirantes :** mourantes.

15   Direz-vous : « C'est l'effet des éternelles lois
     Qui d'un Dieu libre et bon nécessitent le choix ? »
     Direz-vous, en voyant cet amas de victimes :
     « Dieu s'est vengé, leur mort est le prix de leurs crimes ? »
     Quel crime, quelle faute ont commis ces enfants
20   Sur le sein maternel écrasés et sanglants ?
     Lisbonne, qui n'est plus, eut-elle plus de vices
     Que Londres, que Paris, plongés dans les délices :
     Lisbonne est abîmée[1], et l'on danse à Paris. […]
          Éléments, animaux, humains, tout est en guerre.
25   Il le faut avouer, le *mal* est sur la terre :
     Son principe secret ne nous est point connu.
     De l'auteur de tout bien le mal est-il venu ?
     Est-ce le noir Typhon[2], le barbare Arimane[3],
     Dont la loi tyrannique[4] à souffrir nous condamne ?
30   Mon esprit n'admet point ces monstres odieux
     Dont le monde en tremblant fit autrefois des dieux.
          Mais comment concevoir un Dieu, la bonté même,
     Qui prodigua[5] ses biens à ses enfants qu'il aime,
     Et qui versa sur eux les maux à pleines mains ?
35   Quel œil peut pénétrer dans ses profonds desseins[6] ?
     De l'Être tout parfait le mal ne pouvait naître ;
     Il ne vient point d'autrui, puisque Dieu seul est maître :
     Il existe pourtant. Ô tristes vérités !
     Ô mélange étonnant de contrariétés[7] ! […]
40   Ce monde, ce théâtre et d'orgueil et d'erreur,
     Est plein d'infortunés qui parlent de bonheur.
     Tout se plaint, tout gémit en cherchant le bien-être :
     Nul ne voudrait mourir, nul ne voudrait renaître.
     Quelquefois, dans nos jours consacrés aux douleurs,
45   Par la main du plaisir nous essuyons nos pleurs ;
     Mais le plaisir s'envole, et passe comme une ombre ;

1. **Abîmée :** engloutie.
2. **Typhon :** démon chez les Égyptiens.
3. **Arimane :** démon chez les Perses.
4. **Tyrannique :** injuste et violente.
5. **Prodigua :** donna en abondance.
6. **Desseins :** intentions, buts.
7. **Contrariétés :** contraires, contradictions.

Nos chagrins, nos regrets, nos pertes, sont sans nombre.
Le passé n'est pour nous qu'un triste souvenir ;
Le présent est affreux, s'il n'est point d'avenir,
50   Si la nuit du tombeau détruit l'être qui pense.
Un jour tout sera bien, voilà notre espérance ;
Tout est bien aujourd'hui, voilà l'illusion.
Les sages me trompaient, et Dieu seul a raison.
Humble dans mes soupirs, soumis dans ma souffrance,
55   Je ne m'élève point contre la Providence.
Sur un ton moins lugubre on me vit autrefois
Chanter des doux plaisirs les séduisantes lois :
D'autres temps, d'autres mœurs instruit par la vieillesse,
Des humains égarés partageant la faiblesse,
60   Dans une épaisse nuit cherchant à m'éclairer,
Je ne sais que souffrir, et non pas murmurer.
      Un calife[1] autrefois, à son heure dernière,
Au Dieu qu'il adorait dit pour toute prière :
« Je t'apporte, ô seul roi, seul être illimité,
65   Tout ce que tu n'as pas dans ton immensité,
Les défauts, les regrets, les maux, et l'ignorance. »
Mais il pouvait encore ajouter *l'espérance*.

Poème sur le désastre de Lisbonne, extraits, 1756.

---

1. **Calife :** souverain musulman.

Fabre d'Églantine
(1750–1794)

Philippe Fabre se passionne très tôt pour la poésie. Lors d'un concours de poésie, ayant raté de peu le premier prix, l'églantine d'or, il l'accole à son nom. Attiré par le théâtre, il devient acteur et écrit un opéra-comique, *Laure et Pétrarque*, dont la postérité a tout oublié sauf cette célèbre romance, mise en musique par Louis-Victor Simon. Au cours de la Révolution française, il délaisse le théâtre pour la politique mais, impliqué dans un scandale financier, il est guillotiné en 1794 avec Danton.

L'Hospitalité (ou « Il pleut, il pleut, bergère »)

Il pleut, il pleut, bergère,
Presse tes blancs moutons,
Allons sous ma chaumière,
Bergère, vite, allons.
5   J'entends sur le feuillage
L'eau qui tombe à grand bruit ;
Voici, voici l'orage,
Voici l'éclair qui luit.

Bonsoir, bonsoir ma mère,
10 Ma sœur Anne, bonsoir !
J'amène ma bergère
Près de nous pour ce soir.
Va te sécher, ma mie,
Auprès de nos tisons.
15 Sœur, fais-lui compagnie ;
Entrez, petits moutons.

L'Hospitalité (ou « Il pleut, il pleut, bergère ») de Fabre d'Églantine, partition et illustration de la chanson.

Soupons : prends cette chaise,
Tu seras près de moi ;
Ce flambeau de mélèze[1]
20 Brûlera devant toi ;
Goûte de ce laitage ;
Mais tu ne manges pas ?
Tu te sens de[2] l'orage ;
Il a lassé tes pas.

25 Eh bien, voici ta couche ;
Dors-y jusques au jour ;
Laisse-moi sur ta bouche
Prendre un baiser d'amour.
Ne rougis pas, bergère :
30 Ma mère et moi, demain,
Nous irons chez ton père
Lui demander ta main.

Poème d'abord publié sous le titre *Retour des champs*, 1780.

---

1. **Mélèze :** arbre de la famille des pins.
2. **Tu te sens de :** tu es fatiguée de.

Jean-Pierre Claris de Florian
(1755-1794)

Enfant, Jean-Pierre Claris de Florian fait plusieurs séjours à Ferney, chez le vieux Voltaire. De là sans doute vient sa vocation littéraire. Un temps attiré par la carrière militaire, il choisit pourtant l'écriture. Dans ses comédies comme dans ses fables, il s'attache à dépeindre les vertus morales de l'honnête homme. Couvert de gloire, il est reçu à l'Académie française en 1788, mais la Terreur lui réserve des jours sombres. En 1794, il est arrêté, jeté en prison. Il n'en sort que pour mourir.

Le Vieux Arbre et le Jardinier

Un Jardinier dans son jardin
Avait un vieux Arbre stérile[1] ;
C'était un grand poirier, qui jadis fut fertile ;
Mais il avait vieilli, tel est notre destin.
5   Le Jardinier ingrat[2] veut l'abattre un matin ;
Le voilà qui prend sa cognée[3].
Au premier coup l'Arbre lui dit :
« Respecte mon grand âge, et souviens-toi du fruit
Que je t'ai donné chaque année.
10   La mort va me saisir, je n'ai plus qu'un instant ;
N'assassine pas un mourant
Qui fut ton bienfaiteur. – Je te coupe avec peine,
Répond le Jardinier ; mais j'ai besoin de bois. »

---

1. **Stérile :** qui ne portait plus de fruits.
2. **Ingrat :** qui n'a pas de reconnaissance.
3. **Cognée :** hache.

Alors, gazouillant à la fois,

15 De Rossignols une centaine
S'écrie : « Épargne-le, nous n'avons plus que lui.
Lorsque ta femme vient s'asseoir sous son ombrage,
Nous la réjouissons par notre doux ramage ;
Elle est seule souvent, nous charmons son ennui. »

20 Le Jardinier les chasse et rit de leur requête ;
Il frappe un second coup. D'Abeilles un essaim
Sort aussitôt du tronc, en lui disant : « Arrête,
Écoute-nous, homme inhumain :
Si tu nous laisses cet asile[1],

25 Chaque jour nous te donnerons
Un miel délicieux, dont tu peux à la ville
Porter et vendre les rayons[2] ;
Cela te touche-t-il ? – J'en pleure de tendresse,
Répond l'avare Jardinier :

30 Eh ! que ne dois-je pas à ce pauvre poirier
Qui m'a nourri dans sa jeunesse ?
Ma femme quelquefois vient ouïr ces oiseaux ;
C'en est assez pour moi : qu'ils chantent en repos.
Et vous qui daignerez augmenter mon aisance,

35 Je veux pour vous de fleurs semer tout ce canton. »
Cela dit, il s'en va, sûr de sa récompense,
Et laisse vivre le vieux tronc.

Comptez sur la reconnaissance
Quand l'intérêt vous en répond.

Fables, 1792.

---

1. **Asile :** abri.
2. **Rayons :** gâteaux de cire dont les alvéoles contiennent du miel.

Clefs d'analyse

Genre ou thèmes

1. À quel genre ce poème appartient-il ? Repérez les deux parties du texte.
2. Pourquoi le Jardinier veut-il abattre le vieil Arbre ?
3. Quel argument l'Arbre avance-t-il pour échapper à la hache du Jardinier ? Par quels procédés assure-t-il l'efficacité de son argumentation ? Appuyez-vous sur le mode des verbes et sur le champ lexical de la mort. Quel registre est ici utilisé ?
4. Le Jardinier est-il attendri par l'Arbre ? Quelle est sa préoccupation ?
5. Quel est l'argument des Rossignols ? Quel sentiment espèrent-ils susciter chez le Jardinier ? Relevez le champ lexical du chant. De quel registre s'agit-il ?
6. Comment le Jardinier réagit-il au discours des Rossignols ?
7. Quel est l'argument des Abeilles ? Montrez que le Jardinier devient sentimental et généreux (v. 28-35). Est-il sincère ?
8. Reformulez la moralité.
9. Quelles valeurs l'Arbre et les Rossignols incarnent-ils ? Quels sont les vices du Jardinier ?

Langue

10. Comment les paroles sont-elles rapportées ? Réécrivez les v. 7-13 au discours indirect et comparez les deux versions. Laquelle préférez-vous et pourquoi ?
11. Quelles sont les différentes valeurs du présent de l'indicatif ?

Écriture

12. Écrivez une fable ayant pour titre « La Rose et le Chardon ». La Rose sera belle, orgueilleuse mais fragile ; le Chardon sera épais, rustique mais humble.

✳ À retenir

Dans cette fable, Florian transmet une **vérité morale** sous la forme **plaisante** et légère du récit dialogué et délicatement versifié. Ici, ce sont l'avarice, l'insensibilité et l'ingratitude de l'homme **cupide** qui sont montrées du doigt.

André Chénier (1762-1794)

André Chénier naît à Constantinople, où son père est consul. De sa mère d'origine grecque, il reçoit une solide culture antique. Il compose très tôt ses premiers vers, *Les Bucoliques*, imités du poète latin Virgile. Enthousiasmé d'abord par la Révolution française, il ne tarde pas à en dénoncer les excès et les violences. Suspecté de tiédeur, il est emprisonné. En attendant de monter à l'échafaud, Chénier compose cette ode à la vie, inspirée par sa belle compagne de captivité, Aimée de Coigny.

La Jeune Captive

« L'épi naissant mûrit de la faux[1] respecté ;
Sans crainte du pressoir, le pampre[2] tout l'été
    Boit les doux présents de l'aurore ;
Et moi, comme lui belle, et jeune comme lui,
5 Quoi que l'heure présente ait de trouble et d'ennui,
    Je ne veux point mourir encore.

Qu'un stoïque[3] aux yeux secs vole embrasser la mort :
Moi je pleure et j'espère. Au noir souffle du nord
    Je plie et relève ma tête.
10 S'[4]il est des jours amers, il en est de si doux !
Hélas ! quel miel jamais n'a laissé de dégoûts ?
    Quelle mer n'a point de tempête ?

L'illusion[5] féconde habite dans mon sein.
D'une prison sur moi les murs pèsent en vain,
15 J'ai les ailes de l'espérance.

---

1. **Faux :** outil servant à couper de hautes tiges.
2. **Pampre :** raisin.
3. **Stoïque :** ici, personne ferme et insensible.
4. **S' :** même si.
5. **Illusion :** espoir trompeur.

Échappée aux réseaux[1] de l'oiseleur[2] cruel,
Plus vive, plus heureuse, aux campagnes[3] du ciel
    Philomèle[4] chante et s'élance.

Est-ce à moi de mourir ? Tranquille je m'endors
20 Et tranquille je veille ; et ma veille aux remords
    Ni mon sommeil ne sont en proie.
Ma bienvenue au jour me rit dans tous les yeux ;
Sur des fronts abattus, mon aspect dans ces lieux[5]
    Ranime presque de la joie.

25 Mon beau voyage encore est si loin de sa fin !
Je pars, et des ormeaux[6] qui bordent le chemin
    J'ai passé les premiers à peine.
Au banquet de la vie à peine commencé,
Un instant seulement mes lèvres ont pressé
30   La coupe en mes mains encor pleine.

Je ne suis qu'au printemps, je veux voir la moisson,
Et comme le soleil, de saison en saison,
    Je veux achever mon année.
Brillante sur ma tige et l'honneur du jardin,
35 Je n'ai vu luire encor que les feux du matin ;
    Je veux achever ma journée.

Ô mort ! tu peux attendre ; éloigne, éloigne-toi ;
Va consoler les cœurs que la honte, l'effroi,
    Le pâle désespoir dévore.
40 Pour moi Palès[7] encore a des asiles verts,
Les Amours des baisers, les Muses des concerts ;
    Je ne veux point mourir encore. »

---

1. **Réseaux :** filets.
2. **Oiseleur :** chasseur d'oiseaux.
3. **Campagnes :** vastes étendues.
4. **Philomèle :** dans la mythologie grecque, Philomèle se change en rossignol et sa sœur Procné en hirondelle. C'est parfois l'inverse, selon les auteurs.
5. **Dans ces lieux :** dans cette prison.
6. **Ormeaux :** jeunes ormes, arbres.
7. **Palès :** déesse romaine des bergers.

Ainsi, triste et captif, ma lyre toutefois
S'éveillait, écoutant ces plaintes, cette voix,
45   Ces vœux d'une jeune captive ;
Et secouant le faix[1] de mes jours languissants[2],
Aux douces lois des vers je pliai les accents
        De sa bouche aimable et naïve.

Ces chants, de ma prison témoins harmonieux,
50   Feront à quelque amant des loisirs studieux
        Chercher quelle fut cette belle.
La grâce décorait son front et ses discours,
Et comme elle craindront de voir finir leurs jours
        Ceux qui les passeront près d'elle.

Dernières Poésies, 1794.

---

1. **Faix :** fardeau.
2. **Languissants :** mélancoliques, mornes.

Clefs d'analyse

Genre ou thèmes

1. Précisez à quelle date et dans quelles circonstances ce poème fut composé.
2. Étudiez sa structure (strophes, mètres, schéma des rimes).
3. À qui renvoie le pronom *je* dans les sept premières strophes ?
4. V. 1-12 : quelles images évoquent la mort et le malheur ? Quelles images traduisent l'espoir et le désir de vivre de la jeune captive ?
5. V. 13-24 : quels sont les champs lexicaux dominants ? Comment la jeune femme supporte-t-elle sa captivité ? Quel mot montre toutefois qu'elle est consciente de ce qui l'attend ?
6. V. 25-36 : par quelles images s'exprime la jeunesse et la brève vie de la captive ?
7. V. 37-42 : à qui s'adresse-t-elle ? Quels procédés donnent force et persuasion à son discours ? Que représentent Palès, les Amours et les Muses ?
8. Quel est l'effet produit par les octosyllabes ?
9. V. 43-54 : quels indices montrent que ce n'est plus la jeune captive qui parle ? À qui renvoie le *je* dans ces deux strophes ? En quoi la jeune femme adoucit-elle les derniers jours du poète ?

Langue

10. Relevez les participes passés et justifiez chacun des accords.
11. V. 53 : quel est le sujet du verbe « craindront » ?

Pour aller plus loin

12. Après les avoir définis, choisissez parmi les adjectifs suivants ceux qui vous semblent convenir à la tonalité du poème : épique, élégiaque, lyrique, pathétique, fantastique, merveilleux, bucolique.

✳ À retenir

Ce poème fut écrit dans les geôles de la Terreur en 1794, alors qu'André Chénier attendait son exécution. Dictés par l'**angoisse** profonde et réelle du poète, ces vers **élégiaques** sont aussi une **ode** à la **vie** et à l'**espoir**, une célébration de l'**amour** et de la **poésie**.

Marceline Desbordes-Valmore
(1786-1859)

La vie de Marceline Desbordes-Valmore n'est que peines et deuils. Très tôt confrontée à la pauvreté et à la ruine familiale, elle perd sa mère à l'âge de quinze ans. Devenue comédienne, elle perd deux premiers enfants nés de liaisons fugitives. Elle épouse alors son camarade de troupe, Prosper Valmore, qui lui donne quatre autres enfants. Trois meurent avant elle. À la nécessité de gagner son pain en écrivant s'ajoute celle, plus impérieuse encore, de ne pas mourir de chagrin.

Les Roses de Saadi[1]

J'ai voulu ce matin te rapporter des roses ;
Mais j'en avais tant pris dans mes ceintures closes
Que les nœuds trop serrés n'ont pu les contenir.

Les nœuds ont éclaté. Les roses envolées
Dans le vent, à la mer s'en sont toutes allées.
Elles ont suivi l'eau pour ne plus revenir ;

La vague en a paru rouge et comme enflammée.
Ce soir, ma robe encore en est tout embaumée[2]...
Respires-en sur moi l'odorant souvenir.

Poésies posthumes, 1860.

---

1. **Saadi :** poète persan du XIIIe siècle, auteur du *Gulistan* (« Jardin des roses »).
2. **Embaumée :** parfumée.

Alphonse de Lamartine
(1790-1869)

1820, l'année de la publication des *Méditations poétiques*, est une date clef pour Alphonse de Lamartine. Sa carrière littéraire – puis politique – commence avec ce mince recueil inspiré d'une passion tragique. Mais les *Méditations* sonnent aussi l'avènement du romantisme en poésie. Tous les thèmes de ce courant littéraire y sont concentrés : l'exaltation de la passion, la confession d'un *je* douloureux, la solitude, la fusion avec la nature, l'angoisse insoutenable devant la fuite du temps...

Le Lac[1]

Ainsi, toujours poussés vers de nouveaux rivages,
Dans la nuit éternelle emportés sans retour,
Ne pourrons-nous jamais sur l'océan des âges
    Jeter l'ancre un seul jour ?

5 Ô lac ! l'année à peine a fini sa carrière,
Et près des flots chéris qu'elle devait revoir,
Regarde ! Je viens seul m'asseoir sur cette pierre
    Où tu la vis s'asseoir !

Tu mugissais ainsi sous ces roches profondes ;
10 Ainsi tu te brisais sur leurs flancs déchirés ;
Ainsi le vent jetait l'écume de tes ondes
    Sur ses pieds adorés.

---

1. **Le Lac :** il s'agit du lac du Bourget, près de la station thermale d'Aix-les-Bains. C'est là que, à l'automne 1816, Lamartine s'éprend de Julie Charles, qui est atteinte de tuberculose. En se promenant le long du lac, les deux amoureux se promettent de se retrouver l'année suivante au même endroit. Mais Julie, qui vit ses derniers mois, ne viendra jamais. Le poète, seul au rendez-vous, se souvient.

Un soir, t'en souvient-il ? nous voguions en silence ;
On n'entendait au loin, sur l'onde et sous les cieux,
15 Que le bruit des rameurs qui frappaient en cadence
   Tes flots harmonieux.

Tout à coup des accents inconnus à la terre
Du rivage charmé frappèrent les échos ;
Le flot fut attentif, et la voix[1] qui m'est chère
20   Laissa tomber ces mots :

« Ô temps, suspends ton vol ! et vous, heures propices[2],
   Suspendez votre cours !
Laissez-nous savourer les rapides délices
   Des plus beaux de nos jours !

25 « Assez de malheureux ici-bas vous implorent :
   Coulez, coulez pour eux ;
Prenez avec leurs jours les soins qui les dévorent ;
   Oubliez les heureux.

« Mais je demande en vain[3] quelques moments encore,
30   Le temps m'échappe et fuit ;
Je dis à cette nuit : "Sois plus lente" ; et l'aurore
   Va dissiper la nuit.

« Aimons donc, aimons donc ! de l'heure fugitive[4],
   Hâtons-nous, jouissons[5] !
35 L'homme n'a point de port, le temps n'a point de rive ;
   Il coule, et nous passons ! »

Temps jaloux, se peut-il que ces moments d'ivresse,
Où l'amour à longs flots nous verse le bonheur,
S'envolent loin de nous de la même vitesse
40   Que les jours de malheur ?

---

1. **La voix :** celle de l'amante perdue, nommée Elvire par le poète. Elvire est une sorte de double poétique de Julie Charles.
2. **Propices :** favorables.
3. **En vain :** sans succès.
4. **Fugitive :** de courte durée, éphémère.
5. **Jouissons :** profitons.

Hé quoi ! n'en pourrons-nous fixer au moins la trace ?
Quoi ? passés pour jamais ? quoi ! tout entiers perdus ?
Ce temps qui les donna, ce temps qui les efface,
　　　Ne nous les rendra plus ?

45　Éternité, néant, passé, sombres abîmes[1],
Que faites-vous des jours que vous engloutissez ?
Parlez : nous rendrez-vous ces extases[2] sublimes
　　　Que vous nous ravissez[3] ?

Ô lac ! rochers muets ! grottes ! forêt obscure !
50　Vous que le temps épargne ou qu'il peut rajeunir,
Gardez de cette nuit, gardez, belle nature,
　　　Au moins le souvenir !

Qu'il soit dans ton repos, qu'il soit dans tes orages,
Beau lac, et dans l'aspect de tes riants coteaux,
55　Et dans ces noirs sapins, et dans ces rocs sauvages
　　　Qui pendent sur tes eaux !

Qu'il soit dans le zéphyr[4] qui frémit et qui passe,
Dans les bruits de tes bords par tes bords répétés,
Dans l'astre au front d'argent qui blanchit ta surface
60　　　De ses molles clartés !

Que le vent qui gémit, le roseau qui soupire,
Que les parfums légers de ton air embaumé[5],
Que tout ce qu'on entend, l'on voit ou l'on respire,
　　　Tout dise : « Ils ont aimé ! »

Méditations poétiques, 1820.

---

1. **Abîmes :** gouffres.
2. **Extases :** moments de pur bonheur.
3. **Ravissez :** volez, dérobez.
4. **Zéphyr :** vent doux.
5. **Embaumé :** parfumé.

Clefs d'analyse

Genre ou thèmes

1. Dans quelles circonstances ce poème fut-il composé ?
2. V. 1-4 : en quoi ces vers annoncent-ils le thème du poème ? Expliquez la métaphore.
3. V. 5-16 : relevez les allusions à l'idylle passée. Quels sont les temps verbaux dominants ?
4. V. 21-36 : qui parle ? Quels procédés rendent ces strophes particulièrement poignantes ? Observez le changement métrique, les métaphores et les personnifications, les répétitions, les types de phrases, le mode des verbes. À quelle tentative désespérée Elvire se livre-t-elle ?
5. V. 37-48 : qui parle ? Par quels procédés s'expriment l'irréversibilité du temps qui passe et la révolte du poète ? Observez les interjections, le temps des verbes, les types et les formes de phrases.
6. V. 49-64 : listez les éléments de la nature. Quelle prière le poète leur adresse-t-il ? Par quels procédés s'exprime la supplication ? Observez les apostrophes, les types de phrases, la ponctuation, les figures de style.
7. Quelle est la portée symbolique du lac dans le poème ?

Langue

8. Relevez toutes les propositions subordonnées relatives et leurs antécédents.

Écriture

9. Écrivez deux strophes sur les sentiments que vous inspire la fuite du temps. Utilisez des métaphores de l'eau.

✳ À retenir

Confronté à la perte de l'être aimé, Lamartine compose cette **élégie** devenue un chef-d'œuvre du **lyrisme romantique**. Afin de conjurer la mort et la **fuite** inexorable du **temps**, le poète supplie la **nature** de conserver éternellement l'empreinte du souvenir heureux.

Clefs d'analyse

*

L'Isolement[1]

Souvent sur la montagne, à l'ombre du vieux chêne,
Au coucher du soleil, tristement je m'assieds ;
Je promène au hasard mes regards sur la plaine,
Dont le tableau changeant se déroule à mes pieds.

5   Ici, gronde le fleuve aux vagues écumantes ;
Il serpente, et s'enfonce en un lointain obscur ;
Là, le lac immobile étend ses eaux dormantes
Où l'étoile du soir se lève dans l'azur.

Au sommet de ces monts couronnés de bois sombres,
10   Le crépuscule encor jette un dernier rayon ;
Et le char vaporeux de la reine des ombres
Monte, et blanchit déjà les bords de l'horizon.

Cependant, s'élançant de la flèche gothique[2],
Un son religieux se répand dans les airs :
15   Le voyageur s'arrête, et la cloche rustique
Aux derniers bruits du jour mêle de saints concerts.

Mais à ces doux tableaux mon âme indifférente
N'éprouve devant eux ni charme ni transports ;
Je contemple la terre ainsi qu'une ombre errante :
20   Le soleil des vivants n'échauffe plus les morts.

De colline en colline en vain portant ma vue,
Du sud à l'aquilon[3], de l'aurore au couchant,
Je parcours tous les points de l'immense étendue,
Et je dis : « Nulle part le bonheur ne m'attend. »

---

1. **L'Isolement :** Julie Charles – Elvire – est morte en décembre 1817. Le poète s'est retiré, seul et désespéré, sur ses terres, à Milly.
2. **La flèche gothique :** l'église.
3. **À l'aquilon :** au nord.

25   Que me font ces vallons, ces palais, ces chaumières,
Vains[1] objets dont pour moi le charme est envolé ?
Fleuves, rochers, forêts, solitudes si chères,
Un seul être vous manque, et tout est dépeuplé !

Que le tour du soleil ou commence ou s'achève,
30   D'un œil indifférent je le suis dans son cours ;
En un ciel sombre ou pur qu'il se couche ou se lève,
Qu'importe le soleil ? je n'attends rien des jours.

Quand je pourrais[2] le suivre en sa vaste carrière,
Mes yeux verraient partout le vide et les déserts ;
35   Je ne désire rien de tout ce qu'il éclaire ;
Je ne demande rien à l'immense univers.

Mais peut-être au-delà des bornes de sa sphère,
Lieux où le vrai soleil[3] éclaire d'autres cieux,
Si je pouvais laisser ma dépouille[4] à la terre,
40   Ce que j'ai tant rêvé[5] paraîtrait à mes yeux !

Là, je m'enivrerais à la source où j'aspire ;
Là, je retrouverais et l'espoir et l'amour,
Et ce bien idéal que toute âme désire,
Et qui n'a pas de nom au terrestre séjour[6] !

45   Que[7] ne puis-je, porté sur le char de l'Aurore[8],
Vague objet de mes vœux, m'élancer jusqu'à toi !
Sur la terre d'exil pourquoi resté-je encore ?
Il n'est rien de commun entre la terre et moi.

---

1. **Vains :** inutiles.
2. **Quand je pourrais :** même si je pouvais.
3. **Le vrai soleil :** Dieu.
4. **Dépouille :** cadavre.
5. **Ce que j'ai tant rêvé :** celle dont j'ai tant rêvé, Elvire.
6. **Au terrestre séjour :** ici-bas.
7. **Que :** pourquoi.
8. **L'Aurore :** déesse chargée d'ouvrir les portes du jour. Elle est représentée sur un char.

Quand la feuille des bois tombe dans la prairie,
50 Le vent du soir s'élève et l'arrache aux vallons ;
Et moi, je suis semblable à la feuille flétrie :
Emportez-moi comme elle, orageux aquilons[1] !

Méditations poétiques, 1820.

*

L'Automne

Salut, bois couronnés d'un reste de verdure !
Feuillages jaunissants sur les gazons épars[2] !
Salut, derniers beaux jours ! le deuil de la nature
Convient à la douleur et plaît à mes regards.

5 Je suis d'un pas rêveur le sentier solitaire ;
J'aime à revoir encor, pour la dernière fois,
Ce soleil pâlissant, dont la faible lumière
Perce à peine à mes pieds l'obscurité des bois.

Oui, dans ces jours d'automne, où la nature expire[3],
10 À ses regards voilés je trouve plus d'attraits ;
C'est l'adieu d'un ami, c'est le dernier sourire
Des lèvres que la mort va fermer pour jamais.

Ainsi, prêt à quitter l'horizon de la vie,
Pleurant de mes longs jours[4] l'espoir évanoui,
15 Je me retourne encore, et d'un regard d'envie
Je contemple ces biens dont je n'ai pas joui.

Terre, soleil, vallons, belle et douce nature,
Je vous dois une larme aux bords de mon tombeau !
L'air est si parfumé ! la lumière est si pure !
20 Aux regards d'un mourant le soleil est si beau !

---

1. **Aquilons :** vents froids et violents.
2. **Épars :** dispersés (se rapporte au nom « feuillages »).
3. **Expire :** meurt.
4. **De mes longs jours :** de ma vieillesse.

Je voudrais maintenant vider jusqu'à la lie
Ce calice[1] mêlé de nectar[2] et de fiel[3] :
Au fond de cette coupe où je buvais la vie,
Peut-être restait-il une goutte de miel[4] ?

25 Peut-être l'avenir me gardait-il encore
Un retour de bonheur dont l'espoir est perdu[5] ?
Peut-être, dans la foule, une âme que j'ignore
Aurait compris mon âme, et m'aurait répondu !…

La fleur tombe en livrant ses parfums au zéphire ;
30 À la vie, au soleil, ce sont là ses adieux :
Moi, je meurs ; et mon âme, au moment qu'elle expire
S'exhale[6] comme un son triste et mélodieux.

Méditations poétiques, 1820.

---

1. **Vider [ce calice] jusqu'à la lie :** vivre cette souffrance jusqu'au bout. Le calice est la coupe qui sert à la consécration du vin de messe.
2. **Nectar :** breuvage des dieux, dans la mythologie gréco-latine.
3. **Fiel :** bile amère.
4. **Une goutte de miel :** Lamartine fait allusion à son amour naissant pour une jeune anglaise, Mary-Ann Birch, qui deviendra sa femme.
5. **Dont l'espoir est perdu :** au moment où Lamartine écrit ce poème, la mère de Mary-Ann Birch s'oppose au mariage de sa fille avec un homme sans fortune. Elle changera d'avis lorsque la publication des *Méditations poétiques* aura fait la gloire du poète.
6. **S'exhale :** s'évapore.

Alfred de Vigny
(1797-1863)

Alfred de Vigny naît en Touraine, à Loches. Fils d'officier, il rêve de gloire militaire, mais la vie de garnison l'ennuie. Dès 1820, il fréquente le cénacle romantique, aux côtés de Victor Hugo, et mène de front une double carrière de poète et de soldat. En 1825, il quitte l'armée pour se consacrer à la littérature. Lorsqu'il compose son fameux poème « La Mort du Loup », en 1838, Vigny est un homme éprouvé par la vie, gagné par l'amertume, mais profondément attaché à sa dignité.

La Mort du Loup

I

[...] Le Loup vient et s'assied, les deux jambes dressées
Par leurs ongles crochus dans le sable enfoncées.
Il s'est jugé perdu, puisqu'il était surpris,
Sa retraite coupée et tous ses chemins pris ;
5 Alors, il a saisi, dans sa gueule brûlante,
Du chien le plus hardi[1] la gorge pantelante[2]
Et n'a pas desserré ses mâchoires de fer,
Malgré nos coups de feu qui traversaient sa chair,
Et nos couteaux aigus qui, comme des tenailles,
10 Se croisaient en plongeant dans ses larges entrailles[3],
Jusqu'au dernier moment où le chien étranglé,
Mort longtemps avant lui, sous ses pieds a roulé.
Le Loup le quitte alors et puis il nous regarde.
Les couteaux lui restaient au flanc jusqu'à la garde[4],

---

1. **Hardi :** vaillant, brave.
2. **Pantelante :** haletante.
3. **Entrailles :** organes internes.
4. **Garde :** jointure entre la lame et le manche du couteau.

15 Le clouaient au gazon tout baigné dans son sang ;
Nos fusils l'entouraient en sinistre croissant.
– Il nous regarde encore, ensuite il se recouche,
Tout en léchant le sang répandu sur sa bouche,
Et, sans daigner[1] savoir comment il a péri,
20 Refermant ses grands yeux, meurt sans jeter un cri.

II

J'ai reposé mon front sur mon fusil sans poudre,
Me prenant à penser, et n'ai pu me résoudre
À poursuivre sa Louve et ses fils qui, tous trois,
Avaient voulu l'attendre, et, comme je le crois,
25 Sans ses deux Louveteaux, la belle et sombre veuve
Ne l'eût pas laissé seul subir la grande épreuve ;
Mais son devoir était de les sauver, afin
De pouvoir leur apprendre à bien souffrir[2] la faim,
À ne jamais entrer dans le pacte des villes
30 Que l'homme a fait avec les animaux serviles[3]
Qui chassent devant lui, pour avoir le coucher,
Les premiers possesseurs du bois et du rocher.

III

Hélas ! ai-je pensé, malgré ce grand nom d'Hommes,
Que j'ai honte de nous, débiles[4] que nous sommes !
35 Comment on doit quitter la vie et tous ses maux,
C'est vous qui le savez, sublimes animaux !
À voir ce que l'on fut sur terre et ce qu'on laisse,
Seul le silence est grand ; tout le reste est faiblesse.
– Ah ! je t'ai bien compris, sauvage voyageur,
40 Et ton dernier regard m'est allé jusqu'au cœur !
Il disait : « Si tu peux, fais que ton âme arrive,
À force de rester studieuse[5] et pensive,

---

1. **Daigner :** s'abaisser à.
2. **Souffrir :** supporter.
3. **Serviles :** réduits en esclavage.
4. **Débiles :** faibles.
5. **Studieuse :** sérieuse, appliquée.

Jusqu'à ce haut degré de stoïque[1] fierté
Où, naissant dans les bois, j'ai tout d'abord[2] monté.
45 Gémir, pleurer, prier est également lâche.
Fais énergiquement ta longue et lourde tâche
Dans la voie où le Sort a voulu t'appeler,
Puis après, comme moi, souffre et meurs sans parler. »

Poème composé en 1838
et publié à titre posthume dans *Destinées*, 1864.

---

1. **Stoïque :** ferme, impassible.
2. **Tout d'abord :** du premier coup.

Clefs d'analyse

Genre ou thèmes

1. Que raconte la première partie du poème ?
2. Listez les actions du Loup à partir du moment où il se sait condamné. Comment qualifieriez-vous l'attitude du Loup face à la mort ?
3. V. 1-20 : comment la violence est-elle traduite ?
4. Quel changement de pronom observez-vous au v. 21 ? Quel verbe montre que la partie de chasse laisse peu à peu place à une méditation ?
5. Dans la deuxième partie, étudiez la personnification de la Louve. Quels sentiments et quelles idées le poète lui prête-t-il ? Quelle valeur fondamentale la Louve enseigne-t-elle à ses fils ? Qui sont les « animaux serviles » du v. 30 ?
6. À qui renvoie le pronom « nous » de la troisième partie ? Qu'en déduisez-vous sur le sujet réel de cette partie ?
7. Quelle leçon le poète tire-t-il de la mort sublime du Loup ?
8. Dans la troisième partie, citez trois vers qui prônent l'indifférence, le courage et le silence face à la souffrance.
9. En quoi peut-on dire que l'homme, comme le Loup, est un être traqué ? Par quoi l'est-il ?

Langue

10. V. 1-20 : relevez tous les participes passés et justifiez leur accord.
11. V. 26 : à quel temps le verbe « eût laissé » est-il conjugué ?

Pour aller plus loin

12. Comment s'appelle la doctrine philosophique qu'évoque Vigny ?

✳ À retenir

Durement éprouvé par un deuil et une rupture amoureuse, Vigny voit dans la mort **stoïque** du Loup un **symbole** de l'attitude à adopter face à la souffrance et à la mort inéluctable. S'isoler pour rester **libre**, refuser les compromis et souffrir **dignement**, sans gémir, là est la vraie grandeur.

Clefs d'analyse

Victor Hugo
(1802-1885)

Victor Hugo domine le XIXe siècle par son génie et son charisme. Le chef de file incontesté du romantisme n'est pas seulement un grand poète. Il réinvente le théâtre – la bataille d'*Hernani* en 1830 reste dans les annales de l'histoire littéraire ; il donne au roman français quelques-uns de ses héros les plus emblématiques (Jean Valjean, Gavroche, Quasimodo). Il s'engage dans les grandes luttes de son temps : l'abolition de l'esclavage ou de la peine de mort... Hugo est l'incarnation de son siècle.

Ce siècle avait deux ans ! Rome remplaçait Sparte[1],
Déjà Napoléon perçait sous Bonaparte[2],
Et du premier consul déjà, par maint endroit,
Le front de l'empereur brisait le masque étroit.
5   Alors dans Besançon, vieille ville espagnole[3],
Jeté comme la graine au gré de l'air qui vole,
Naquit d'un sang breton et lorrain à la fois
Un enfant sans couleur, sans regard et sans voix ;
Si débile[4] qu'il fut, ainsi qu'une chimère[5],
10   Abandonné de tous, excepté de sa mère,
Et que son cou ployé[6] comme un frêle roseau
Fit faire en même temps sa bière[7] et son berceau.

---

1. **Rome remplaçait Sparte :** l'Empire remplaçait la République.
2. **Napoléon, Bonaparte :** Bonaparte devient Premier consul de la République en 1799, puis consul à vie en 1802. Il prend le nom de Napoléon Ier lorsqu'il établit le premier Empire en 1804.
3. **Besançon, vieille ville espagnole :** la ville fut une possession espagnole au XVIe siècle.
4. **Débile :** faible.
5. **Chimère :** rêve, illusion.
6. **Ployé :** courbé.
7. **Bière :** cercueil.

Cet enfant que la vie effaçait de son livre,
Et qui n'avait pas même un lendemain à vivre,
15   C'est moi. –

     Je vous dirai peut-être quelque jour
Quel lait pur, que de soins, que de vœux, que d'amour
Prodigués[1] pour ma vie en naissant condamnée,
M'ont fait deux fois l'enfant de ma mère obstinée,
20   Ange qui sur trois fils attachés à ses pas
Épandait son amour et ne mesurait pas !
Ô l'amour d'une mère ! amour que nul n'oublie !
Pain merveilleux qu'un dieu partage et multiplie !
Table toujours servie au paternel foyer !
25   Chacun en a sa part, et tous l'ont tout entier !

Je pourrai dire un jour, lorsque la nuit douteuse
Fera parler les soirs ma vieillesse conteuse,
Comment ce haut destin de gloire et de terreur
Qui remuait le monde aux pas de l'Empereur,
30   Dans son souffle orageux m'emportant sans défense,
À tous les vents de l'air fit flotter mon enfance.
Car, lorsque l'aquilon bat ses flots palpitants,
L'océan convulsif[2] tourmente en même temps
Le navire à trois ponts qui tonne avec l'orage,
35   Et la feuille échappée aux arbres du rivage !

Maintenant, jeune encore et souvent éprouvé[3],
J'ai plus d'un souvenir profondément gravé,
Et l'on peut distinguer bien des choses passées
Dans ces plis de mon front que creusent mes pensées.
40   Certes, plus d'un vieillard sans flamme et sans cheveux,
Tombé de lassitude[4] au bout de tous ses vœux,
Pâlirait s'il voyait, comme un gouffre dans l'onde,
Mon âme où ma pensée habite comme un monde,
Tout ce que j'ai souffert, tout ce que j'ai tenté,

---

1. **Prodigués :** donnés en abondance.
2. **Convulsif :** agité.
3. **Éprouvé :** frappé par le malheur.
4. **Lassitude :** fatigue.

45 Tout ce qui m'a menti comme un fruit avorté[1],
Mon plus beau temps passé sans espoir qu'il renaisse,
Les amours, les travaux, les deuils de ma jeunesse,
Et, quoiqu'encore à l'âge où l'avenir sourit,
Le livre de mon cœur à toute page écrit !

50 Si parfois de mon sein[2] s'envolent mes pensées,
Mes chansons par le monde en lambeaux dispersées ;
S'il me plaît de cacher l'amour et la douleur
Dans le coin d'un roman ironique et railleur[3] ;
Si j'ébranle la scène[4] avec ma fantaisie,
55 Si j'entre-choque aux yeux d'une foule choisie
D'autres hommes comme eux, vivant tous à la fois
De mon souffle et parlant au peuple avec ma voix ;
Si ma tête, fournaise[5] où mon esprit s'allume,
Jette le vers d'airain[6] qui bouillonne et qui fume
60 Dans le rythme profond, moule mystérieux
D'où sort la strophe ouvrant ses ailes dans les cieux ;
C'est que l'amour, la tombe, et la gloire et la vie,
L'onde qui fuit, par l'onde incessamment suivie,
Tout souffle, tout rayon ou propice[7] ou fatal,
65 Fait reluire et vibrer mon âme de cristal,
Mon âme aux mille voix, que le Dieu que j'adore
Mit au centre de tout comme un écho sonore !

D'ailleurs, j'ai purement passé les jours mauvais,
Et je sais d'où je viens, si j'ignore où je vais.
70 L'orage des partis avec son vent de flamme
Sans en altérer[8] l'onde a remué mon âme.

---

1. **Avorté :** qui n'a pas mûri.
2. **Sein :** cœur.
3. **Railleur :** moqueur.
4. **J'ébranle la scène :** Hugo est aussi un dramaturge ; un an avant la publication des *Feuilles d'automne*, son drame romantique *Hernani* a provoqué une querelle littéraire retentissante (la bataille d'*Hernani*).
5. **Fournaise :** four ardent.
6. **Airain :** alliage de cuivre et d'étain ; ici, le mot évoque ce qui ne peut être détruit.
7. **Propice :** favorable.
8. **Altérer :** souiller, troubler.

Rien d'immonde en mon cœur, pas de limon[1] impur
Qui n'attendît qu'un vent pour en troubler l'azur !

Après avoir chanté, j'écoute et je contemple,
75 À l'Empereur tombé dressant dans l'ombre un temple,
Aimant la liberté pour ses fruits, pour ses fleurs,
Le trône pour son droit, le roi pour ses malheurs ;
Fidèle enfin au sang qu'ont versé dans ma veine
Mon père vieux soldat, ma mère vendéenne !

Les Feuilles d'automne, 1831.

*

Puisque j'ai mis ma lèvre à ta[2] coupe encor pleine ;
Puisque j'ai dans tes mains posé mon front pâli ;
Puisque j'ai respiré parfois la douce haleine
De ton âme, parfum dans l'ombre enseveli ;

5 Puisqu'il me fut donné de t'entendre me dire
Les mots où se répand le cœur mystérieux ;
Puisque j'ai vu pleurer, puisque j'ai vu sourire
Ta bouche sur ma bouche et tes yeux sur mes yeux ;

Puisque j'ai vu briller sur ma tête ravie
10 Un rayon de ton astre, hélas ! voilé toujours ;
Puisque j'ai vu tomber dans l'onde de ma vie
Une feuille de rose arrachée à tes jours ;

Je puis maintenant dire aux rapides années :
– Passez ! passez toujours ! je n'ai plus à vieillir !
15 Allez-vous-en avec vos fleurs toutes fanées ;
J'ai dans l'âme une fleur que nul ne peut cueillir !

---

1. **Limon :** boue.
2. **Ta :** le poète s'adresse sans doute à Juliette Drouet qui est sa maîtresse depuis 1833 et qui le restera jusqu'à sa mort en 1883.

Votre aile en le heurtant ne fera rien répandre
Du vase où je m'abreuve et que j'ai bien rempli.
Mon âme a plus de feu que vous n'avez de cendre !
20 Mon cœur a plus d'amour que vous n'avez d'oubli !

Les Chants du crépuscule, 1835.

*

Demain, dès l'aube, à l'heure où blanchit la campagne,
Je partirai. Vois-tu, je sais que tu m'attends.
J'irai par la forêt, j'irai par la montagne.
Je ne puis demeurer loin de toi plus longtemps.

5 Je marcherai les yeux fixés sur mes pensées,
Sans rien voir au-dehors, sans entendre aucun bruit,
Seul, inconnu, le dos courbé, les mains croisées,
Triste, et le jour pour moi sera comme la nuit.

Je ne regarderai ni l'or du soir qui tombe,
10 Ni les voiles au loin descendant vers Harfleur[1],
Et, quand j'arriverai, je mettrai sur ta[2] tombe
Un bouquet de houx vert et de bruyère en fleur.

3 septembre 1847.
Les Contemplations, 1856.

---

1. **Harfleur :** port situé sur la rive droite de l'estuaire de la Seine, non loin de Villequier où repose Léopoldine.
2. **Ta :** le poète s'adresse à sa fille Léopoldine, disparue à l'âge de dix-neuf ans, le 4 septembre 1843, à Villequier. Léopoldine et son mari, Charles Vacquerie, se sont noyés dans la Seine.

Clefs d'analyse

Genre ou thèmes

1. Quelle sorte de rendez-vous imagine-t-on en lisant le premier quatrain ? Justifiez votre réponse.

2. Que traduit l'accumulation des compléments circonstanciels au v. 1 ?

3. Relevez dans tout le poème les verbes de déplacement. À quel temps sont-ils conjugués ? Comment sont-ils mis en relief ? Qu'indiquent-ils sur l'état d'esprit du poète ?

4. Quels paysages le poète traversera-t-il ? Sont-ils précisément décrits ? Pourquoi ?

5. V. 5-10 : quels seront les sentiments du poète au cours de son voyage ? Par quels procédés ces sentiments sont-ils traduits ?

6. Quel est le but du voyage entrepris par le poète ? À quel vers le comprend-on ? Quel est l'effet produit ?

7. Quelles sortes de plantes sont le « houx » et la « bruyère » ? Par quelles expansions sont-ils complétés ? Que symbolisent-ils ?

8. Dans quelle mesure peut-on parler d'un pèlerinage intérieur ? Quel en est le but pour le poète ?

Langue

9. V. 4-10 : relevez les négations. Que traduisent-elles ?

10. V. 8-10 : quelles figures de style repérez-vous ? Expliquez-les.

Écriture

11. Durant sa longue marche, le poète se souvient de sa fille Léopoldine pleine de vie. Écrivez un bref poème dans la forme de votre choix.

✳ À retenir

Quatre ans après la mort de sa fille **Léopoldine**, Victor Hugo compose cet émouvant poème sur le thème du **deuil**. Ce long pèlerinage à pied, à travers des paysages ignorés, symbolise le **cheminement intérieur** qui le conduit vers sa fille, **vivante** en lui et immortalisée par la **poésie**.

*

La Conscience

Lorsque avec ses enfants vêtus de peaux de bêtes,
Échevelé[1], livide[2] au milieu des tempêtes,
Caïn[3] se fut enfui de devant Jéhovah[4],
Comme le soir tombait, l'homme sombre arriva
5   Au bas d'une montagne en une grande plaine ;
Sa femme fatiguée et ses fils hors d'haleine
Lui dirent : « Couchons-nous sur la terre, et dormons. »
Caïn, ne dormant pas, songeait au pied des monts.
Ayant levé la tête, au fond des cieux funèbres[5],
10   Il vit un œil, tout grand ouvert dans les ténèbres,
Et qui le regardait dans l'ombre fixement.
« Je suis trop près », dit-il avec un tremblement.
Il réveilla ses fils dormant, sa femme lasse,
Et se remit à fuir sinistre dans l'espace.
15   Il marcha trente jours, il marcha trente nuits.
Il allait, muet, pâle et frémissant aux bruits,
Furtif[6], sans regarder derrière lui, sans trêve,
Sans repos, sans sommeil ; il atteignit la grève[7]
Des mers dans le pays qui fut depuis Assur[8].
20   « Arrêtons-nous, dit-il, car cet asile[9] est sûr.
Restons-y. Nous avons du monde atteint les bornes. »
Et, comme il s'asseyait, il vit dans les cieux mornes
L'œil à la même place au fond de l'horizon.
Alors il tressaillit[10] en proie au noir frisson.

---

1. **Échevelé :** la chevelure en bataille.
2. **Livide :** pâle, blême.
3. **Caïn :** dans la Bible, Caïn, le fils aîné d'Adam et Ève, tue son frère Abel par jalousie.
4. **Jéhovah :** Dieu. Caïn fut maudit et banni par Dieu.
5. **Funèbres :** sinistres.
6. **Furtif :** furtivement, en se dissimulant.
7. **Grève :** bord (de mer).
8. **Assur :** ville de Mésopotamie, capitale de l'Empire assyrien.
9. **Asile :** refuge.
10. **Tressaillit :** frémit.

La Conscience de Victor Hugo,
gravure de François Chifflart (d'après un dessin de Nicolas François).

25 « Cachez-moi ! » cria-t-il ; et, le doigt sur la bouche,
Tous ses fils regardaient trembler l'aïeul farouche.
Caïn dit à Jabel[1], père de ceux qui vont
Sous des tentes de poil dans le désert profond :
« Étends de ce côté la toile de la tente. »
30 Et l'on développa la muraille flottante ;
Et, quand on l'eut fixée avec des poids de plomb :
« Vous ne voyez plus rien ? » dit Tsilla, l'enfant blond,
La fille de ses fils, douce comme l'aurore ;
Et Caïn répondit : « Je vois cet œil encore ! »
35 Jubal, père de ceux qui passent dans les bourgs
Soufflant dans des clairons et frappant des tambours,
Cria : « Je saurai bien construire une barrière. »
Il fit un mur de bronze et mit Caïn derrière.
Et Caïn dit : « Cet œil me regarde toujours ! »
40 Hénoch dit : « Il faut faire une enceinte de tours
Si terrible, que rien ne puisse approcher d'elle.
Bâtissons une ville avec sa citadelle,
Bâtissons une ville, et nous la fermerons. »
Alors Tubalcaïn, père des forgerons,
45 Construisit une ville énorme et surhumaine.
Pendant qu'il travaillait, ses frères, dans la plaine,
Chassaient les fils d'Énos[2] et les enfants de Seth[3] ;
Et l'on crevait les yeux à quiconque passait ;
Et, le soir, on lançait des flèches aux étoiles.
50 Le granit remplaça la tente aux murs de toiles,
On lia chaque bloc avec des nœuds de fer,
Et la ville semblait une ville d'enfer ;
L'ombre des tours faisait la nuit dans les campagnes ;
Ils donnèrent aux murs l'épaisseur des montagnes ;
55 Sur la porte on grava : « Défense à Dieu d'entrer. »
Quand ils eurent fini de clore et de murer,
On mit l'aïeul au centre en une tour de pierre ;
Et lui restait lugubre et hagard[4]. « Ô mon père !

---

1. **Jabel, Jubal, Hénoch, Tubalcaïn :** les descendants de Caïn.
2. **Énos :** fils de Seth.
3. **Seth :** troisième fils d'Adam et Ève. Frère de Caïn.
4. **Lugubre et hagard :** sombre et sauvage.

L'œil a-t-il disparu ? » dit en tremblant Tsilla.
60 Et Caïn répondit : « Non, il est toujours là. »
Alors il dit : « Je veux habiter sous la terre
Comme dans son sépulcre[1] un homme solitaire ;
Rien ne me verra plus, je ne verrai plus rien. »
On fit donc une fosse, et Caïn dit : « C'est bien ! »
65 Puis il descendit seul sous cette voûte sombre ;
Quand il se fut assis sur sa chaise dans l'ombre
Et qu'on eut sur son front fermé le souterrain,
L'œil était dans la tombe et regardait Caïn.

La Légende des siècles, 1859-1883.

*

Saison des semailles. Le soir

C'est le moment crépusculaire[2].
J'admire, assis sous un portail,
Ce reste de jour dont s'éclaire
La dernière heure du travail.

5 Dans les terres, de nuit baignées,
Je contemple, ému, les haillons[3]
D'un vieillard qui jette à poignées
La moisson future aux sillons[4].

Sa haute silhouette noire
10 Domine les profonds labours.
On sent à quel point il doit croire
À la fuite utile des jours.

---

1. **Sépulcre :** tombeau.
2. **Crépusculaire :** de la tombée de la nuit.
3. **Haillons :** guenilles, vieux vêtements en lambeaux.
4. **Sillons :** lignes creusées par la charrue en vue des semailles.

Il marche dans la plaine immense,
Va, vient, lance la graine au loin,
15 Rouvre sa main, et recommence,
Et je médite, obscur témoin,

Pendant que, déployant ses voiles,
L'ombre, où se mêle une rumeur,
Semble élargir jusqu'aux étoiles
20 Le geste auguste[1] du semeur.

Les Chansons des rues et des bois, 1865.

---

1. **Auguste :** noble, majestueux.

Gérard de Nerval
(1808-1855)

Gérard Labrunie, dit Gérard de Nerval, s'intéresse très tôt à la littérature allemande et fréquente les cercles romantiques et bohèmes, aux côtés de Théophile Gautier notamment. En 1836, il s'éprend passionnément d'une jeune actrice, Jenny Colon, qui l'éconduit et ne tarde pas à se marier. Nerval sombre peu à peu dans la mélancolie, puis dans la folie. Entre deux accès de démence, il tente de traduire par l'écriture ce qu'il appelle « l'épanchement du songe dans la vie réelle ». Il finit par se suicider.

Fantaisie

Il est[1] un air pour qui je donnerais
Tout Rossini, tout Mozart et tout Weber[2],
Un air très vieux, languissant et funèbre,
Qui pour moi seul a des charmes secrets.

5   Or, chaque fois que je viens à l'entendre,
De deux cents ans mon âme rajeunit :
C'est sous Louis treize[3] ; et je crois voir s'étendre
Un coteau vert, que le couchant jaunit,

Puis un château de brique à coins de pierre,
10 Aux vitraux teints de rougeâtres couleurs,
Ceint[4] de grands parcs, avec une rivière
Baignant ses pieds, qui coule entre des fleurs ;

---

1. **Il est :** il y a.
2. **Rossini, Mozart, Weber :** compositeurs contemporains de Nerval. « Weber » se prononce « Vèbre ».
3. **Louis treize :** roi de France, de 1610 à 1643.
4. **Ceint :** entouré, ceinturé.

Puis une dame, à sa haute fenêtre,
Blonde aux yeux noirs, en ses habits anciens,
15 Que, dans une autre existence peut-être,
J'ai déjà vue… et dont je me souviens !

Odelettes, 1832 (recueil publié en 1852-1853).

*

El Desdichado[1]

Je suis le Ténébreux, – le Veuf, – l'Inconsolé,
Le Prince d'Aquitaine[2] à la Tour abolie :
Ma seule *étoile* est morte, – et mon luth[3] constellé[4]
Porte le *soleil* noir de la *Mélancolie*[5].

5 Dans la nuit du Tombeau, Toi qui m'as consolé,
Rends-moi le Pausilippe[6] et la mer d'Italie,
La *fleur* qui plaisait tant à mon cœur désolé,
Et la treille[7] où le Pampre[8] à la Rose s'allie.

Suis-je Amour ou Phébus[9] ?… Lusignan[10] ou Biron[11] ?
10 Mon front est rouge encore du baiser de la Reine ;
J'ai rêvé dans la Grotte où nage la Sirène…

---

1. **El Desdichado :** le déshérité. Nerval emprunte ce nom à un chevalier privé de son fief par Jean sans Terre, dans le roman de Walter Scott, *Ivanhoé* (1819).
2. **Le Prince d'Aquitaine :** Nerval pensait descendre d'une lignée de seigneurs du Périgord, au nombre desquels figurent Lusignan et Biron (voir vers 9).
3. **Luth :** instrument de musique, symbole de l'inspiration poétique.
4. **Constellé :** décoré d'étoiles.
5. **Le *soleil* noir de la *Mélancolie* :** allusion à une gravure de Dürer (1471-1528), *Melencolia I* (ou *La Mélancolie*).
6. **Le Pausilippe :** promontoire situé près de Naples, où reposerait le poète latin Virgile.
7. **Treille :** support pour les plantes grimpantes.
8. **Pampre :** vigne.
9. **Phébus :** dieu grec du soleil (Apollon).
10. **Lusignan :** roi de Chypre originaire du Poitou. Selon la légende, il épousa une fée, Mélusine.
11. **Biron :** seigneur aquitain qui combattit aux côtés d'Henri IV, avant de le trahir.

Et j'ai deux fois vainqueur traversé l'Achéron[1] :
Modulant tour à tour sur la lyre d'Orphée
Les soupirs de la Sainte et les cris de la Fée.

Les Chimères, 1854.

---

1. **L'Achéron :** le fleuve des Enfers, qu'Orphée traversa pour ramener Eurydice au monde des vivants. Nerval évoque en creux les crises de folie dont il a été victime en 1841 et en 1851.

Alfred de Musset
(1810-1857)

On aime à qualifier Alfred de Musset d'enfant terrible du romantisme. Précoce en tout, il compose ses premiers vers à l'adolescence, et fréquente les grands romantiques à dix-huit ans. Poète railleur, versificateur impertinent, il ne tarde pas à être marginalisé par le Cénacle[1]. De 1833 à 1835, il vit une passion tumultueuse avec George Sand. La rupture l'affecte terriblement, tout en nourrissant son œuvre poétique et dramatique. À trente ans, il n'écrit presque plus. Il meurt dans l'alcoolisme et la solitude.

Ballade à la lune

C'était, dans la nuit brune,
Sur le clocher jauni,
La lune
Comme un point sur un i.

5   Lune, quel esprit sombre
Promène au bout d'un fil,
Dans l'ombre,
Ta face et son profil ?

Es-tu l'œil du ciel borgne[2] ?
10 Quel chérubin[3] cafard[4]

---

1. **Cénacle :** les cénacles sont des salons littéraires dans lesquels, à partir des années 1820, se fomente la révolution romantique. Le Cénacle (avec une majuscule) est animé à partir de 1824 par l'écrivain Charles Nodier à la Bibliothèque de l'Arsenal.
2. **Borgne :** qui n'a qu'un œil.
3. **Chérubin :** ange.
4. **Cafard :** hypocrite.

Nous lorgne
Sous ton masque blafard[1] ?

N'es-tu rien qu'une boule ?
Qu'un grand faucheux[2] bien gras
15   Qui roule
Sans pattes et sans bras ?

Es-tu, je t'en soupçonne,
Le vieux cadran de fer
Qui sonne
20   L'heure aux damnés d'enfer ?

Sur ton front qui voyage,
Ce soir ont-ils compté
Quel âge
A leur éternité ?

25   Est-ce un ver qui te ronge,
Quand ton disque noirci
S'allonge
En croissant rétréci ?

Qui t'avait éborgnée[3],
30   L'autre nuit ? T'étais-tu
Cognée
À quelque arbre pointu ?

Car tu vins, pâle et morne,
Coller sur mes carreaux
35   Ta corne
À travers les barreaux.

Va, lune moribonde[4],
Le beau corps de Phébé[5]

---

1. **Blafard :** blanc et terne.
2. **Faucheux :** sorte d'araignée des champs.
3. **Éborgnée :** rendue borgne.
4. **Moribonde :** mourante.
5. **Phébé :** autre nom de la lune, dans la mythologie grecque.

La blonde
40   Dans la mer est tombé.

Tu n'en es que la face
Et déjà, tout ridé,
S'efface
Ton front dépossédé. [...]

45   Lune, en notre mémoire,
De tes belles amours
L'histoire
T'embellira toujours.

Et toujours rajeunie,
50   Tu seras du passant
Bénie,
Pleine lune ou croissant.

T'aimera le vieux pâtre[1],
Seul, tandis qu'à ton front
55   D'albâtre[2]
Ses dogues aboieront.

T'aimera le pilote
Dans son grand bâtiment[3],
Qui flotte,
60   Sous le clair firmament,

Et la fillette preste
Qui passe le buisson,
Pied leste[4],
En chantant sa chanson. [...]

65   Et qu'il vente ou qu'il neige,
Moi-même, chaque soir,

---

1. **Pâtre :** berger.
2. **Albâtre :** pierre de couleur blanche.
3. **Bâtiment :** navire.
4. **Leste :** léger.

Que fais-je
Venant ici m'asseoir ?

70 Je viens voir à la brune,
Sur le clocher jauni,
La lune
Comme un point sur un i.

Contes d'Espagne et d'Italie, 1829-1830.

*

La Nuit de décembre

Le Poète

Du temps que j'étais écolier,
Je restais un soir à veiller
Dans notre salle solitaire.
Devant ma table vint s'asseoir
5 Un pauvre enfant vêtu de noir,
Qui me ressemblait comme un frère.

Son visage était triste et beau :
À la lueur de mon flambeau,
Dans mon livre ouvert il vint lire.
10 Il pencha son front sur sa main,
Et resta jusqu'au lendemain,
Pensif, avec un doux sourire.

Comme j'allais avoir quinze ans
Je marchais un jour, à pas lents,
15 Dans un bois, sur une bruyère[1].
Au pied d'un arbre vint s'asseoir
Un jeune homme vêtu de noir,
Qui me ressemblait comme un frère.

---

1. **Bruyère :** lande.

Je lui demandai mon chemin ;
20   Il tenait un luth d'une main,
De l'autre un bouquet d'églantine[1].
Il me fit un salut d'ami,
Et, se détournant à demi,
Me montra du doigt la colline.

25   À l'âge où l'on croit à l'amour,
J'étais seul dans ma chambre un jour,
Pleurant ma première misère.
Au coin de mon feu vint s'asseoir
Un étranger vêtu de noir,
30   Qui me ressemblait comme un frère.

Il était morne et soucieux ;
D'une main il montrait les cieux,
Et de l'autre il tenait un glaive[2].
De ma peine il semblait souffrir,
35   Mais il ne poussa qu'un soupir,
Et s'évanouit comme un rêve.

À l'âge où l'on est libertin[3],
Pour boire un toast[4] en un festin,
Un jour je soulevai mon verre.
40   En face de moi vint s'asseoir
Un convive vêtu de noir,
Qui me ressemblait comme un frère.

Il secouait sous son manteau
Un haillon de pourpre[5] en lambeau,
45   Sur sa tête un myrte[6] stérile.
Son bras maigre cherchait le mien,
Et mon verre, en touchant le sien,

---

1. **Églantine :** symbole de la poésie (tout comme le luth, au vers précédent).
2. **Glaive :** épée.
3. **Libertin :** débauché.
4. **Boire un toast :** boire à la santé de quelqu'un, en prononçant un discours.
5. **Haillon de pourpre :** guenille de couleur rouge violacé.
6. **Myrte :** plante consacrée à Vénus. Symbole de l'amour.

Se brisa dans ma main débile[1].

Un an après, il était nuit ;
50   J'étais à genoux près du lit
Où venait de mourir mon père.
Au chevet du lit vint s'asseoir
Un orphelin vêtu de noir,
Qui me ressemblait comme un frère.

55   Ses yeux étaient noyés de pleurs ;
Comme les anges de douleurs,
Il était couronné d'épine ;
Son luth à terre était gisant[2],
Sa pourpre de couleur de sang,
60   Et son glaive dans sa poitrine.

Je m'en suis si bien souvenu,
Que je l'ai toujours reconnu
À tous les instants de ma vie.
C'est une étrange vision,
65   Et cependant, ange ou démon,
J'ai vu partout cette ombre amie. [...]

Qui donc es-tu, spectre de ma jeunesse,
      Pèlerin[3] que rien n'a lassé[4] ?
Dis-moi pourquoi je te trouve sans cesse
70   Assis dans l'ombre où j'ai passé.
Qui donc es-tu, visiteur solitaire,
      Hôte assidu[5] de mes douleurs ?
Qu'as-tu donc fait pour me suivre sur terre ?
Qui donc es-tu, qui donc es-tu, mon frère,
75   Qui n'apparais qu'au jour des pleurs ?

---

1. **Débile :** faible.
2. **À terre était gisant :** était abandonné à terre.
3. **Pèlerin :** voyageur.
4. **Lassé :** découragé.
5. **Assidu :** fidèle.

La Vision

– Ami, notre père est le tien.
Je ne suis ni l'ange gardien,
Ni le mauvais destin des hommes.
Ceux que j'aime, je ne sais pas
80　De quel côté s'en vont leurs pas
Sur ce peu de fange[1] où nous sommes.

Je ne suis ni dieu ni démon,
Et tu m'as nommé par mon nom
Quand tu m'as appelé ton frère ;
85　Où tu vas, j'y serai toujours,
Jusques au dernier de tes jours,
Où j'irai m'asseoir sur ta pierre.

Le ciel m'a confié ton cœur.
Quand tu seras dans la douleur,
90　Viens à moi sans inquiétude.
Je te suivrai sur le chemin ;
Mais je ne puis toucher ta main ;
Ami, je suis la Solitude.

Poème composé en 1835
et publié en volume dans *Poésies nouvelles*, 1840.
Vers 1-66 et 190-216.

---

1. **Fange :** boue.

Théophile Gautier
(1811-1872)

Théophile Gautier est un romantique de la première heure. Lorsque éclate la bataille d'**Hernani**, il est aux premières loges, vêtu de son légendaire gilet rouge. Pourtant, dès 1833, il prend ses distances avec le Cénacle, convaincu que la poésie ne saurait être au service d'un quelconque message politique ou moral. L'art doit être désintéressé, inutile, voué au seul culte de la beauté formelle. L'idéal de Gautier – l'art pour l'art – ouvre une voie nouvelle que vont emprunter les poètes du Parnasse.

L'Art

Oui, l'œuvre sort plus belle
D'une forme au travail
    Rebelle,
Vers, marbre, onyx¹, émail².

5   Point de contraintes fausses !
Mais que pour marcher droit
    Tu chausses,
Muse, un cothurne³ étroit.

Fi⁴ du rythme commode,
10 Comme un soulier trop grand,

---

1. **Onyx :** variété d'agate, pierre précieuse qui présente plusieurs couches de différentes couleurs.
2. **Émail :** ouvrage d'orfèvrerie décoré d'un vernis vitreux.
3. **Cothurne :** chaussure à semelle épaisse portée par les comédiens de l'Antiquité.
4. **Faire fi de :** dédaigner, mépriser.

Du mode[1]
Que tout pied quitte et prend !

Statuaire[2], repousse
L'argile que pétrit
15   Le pouce,
Quand flotte ailleurs l'esprit ;

Lutte avec le carrare[3],
Avec le paros[4] dur
      Et rare,
20 Gardiens du contour pur ;

Emprunte à Syracuse[5]
Son bronze où fermement
      S'accuse
Le trait fier et charmant ;

25 D'une main délicate
Poursuis dans un filon
      D'agate
Le profil d'Apollon.

Peintre, fuis l'aquarelle
30 Et fixe la couleur
      Trop frêle
Au four de l'émailleur.

Fais les Sirènes bleues,
Tordant de cent façons
35   Leurs queues,
Les monstres des blasons[6] ;

---

1. **Mode :** terme de musique.
2. **Statuaire :** sculpteur.
3. **Carrare :** marbre blanc originaire de Toscane.
4. **Paros :** marbre très estimé, originaire de l'île grecque de Páros.
5. **Syracuse :** ville de Sicile.
6. **Blasons :** armoiries.

Dans son nimbe trilobe[1]
La vierge et son Jésus,
    Le globe
40 Avec la croix dessus.

Tout passe. – L'art robuste
Seul a l'éternité ;
    Le buste[2]
Survit à la cité.

45 Et la médaille austère[3]
Que trouve un laboureur
    Sous terre
Révèle un empereur.

Les dieux eux-mêmes meurent,
50 Mais les vers souverains
    Demeurent
Plus forts que les airains[4].

Sculpte, lime, cisèle ;
Que ton rêve flottant
55   Se scelle
Dans le bloc résistant !

Émaux et Camées, 1852.

---

1. **Nimbe trilobe :** auréole de lumière formée de trois cercles.
2. **Buste :** portrait sculpté.
3. **Austère :** sans ornement.
4. **Airain :** alliage de cuivre et d'étain.

Leconte de Lisle
(1818-1894)

Charles Marie Leconte, dit Leconte de Lisle, naît à l'île de La Réunion. C'est là qu'il grandit, ainsi qu'en Bretagne. Il s'essaie au droit, sans conviction, et au journalisme, sans succès. S'il pense déjà à la littérature, il est accaparé par ses activités militantes lors de la révolution de 1848. Déçu par l'inertie du peuple cependant, il se détourne de la politique pour se consacrer à la poésie. À l'instar de Gautier, il poursuit inlassablement la perfection formelle et s'interdit toute effusion personnelle. Les poètes du Parnasse voient en lui un maître.

Le Manchy

Sous un nuage frais de claire mousseline,
    Tous les dimanches au matin
Tu[1] venais à la ville en manchy[2] de rotin,
    Par les rampes de la colline.

5   La cloche de l'église alertement[3] tintait ;
    Le vent de mer berçait les cannes[4] ;
Comme une grêle d'or, aux pointes des savanes,
    Le feu du soleil crépitait.

Le bracelet aux poings, l'anneau sur la cheville,
10   Et le mouchoir jaune aux chignons,
Deux Telingas[5] portaient, assidus compagnons,
    Ton lit aux nattes de Manille.

---

1. **Tu :** le poète se souvient de sa cousine, dont il était amoureux dans sa jeunesse.
2. **Manchy :** chaise à porteurs, dans l'île de La Réunion.
3. **Alertement :** vivement.
4. **Cannes :** cannes à sucre.
5. **Telingas :** Indiens.

Ployant leur jarret maigre et nerveux, et chantant,
    Souples dans leurs tuniques blanches,
15 Le bambou sur l'épaule et les mains sur les hanches,
    Ils allaient le long de l'Étang.

Le long de la chaussée et des varangues[1] basses
    Où les vieux créoles[2] fumaient,
Par les groupes joyeux des Noirs, ils s'animaient
20   Au bruit des bobres[3] Madécasses[4].

Dans l'air léger flottait l'odeur des tamarins[5] ;
    Sur les houles illuminées,
Au large, les oiseaux, en d'immenses traînées,
    Plongeaient dans les brouillards marins.

25 Et tandis que ton pied, sorti de la babouche[6],
    Pendait, rose, au bord du manchy,
À l'ombre des Bois-noirs touffus et du Letchi[7]
    Aux fruits moins pourprés que ta bouche ;

Tandis qu'un papillon, les deux ailes en fleur,
30   Teinté d'azur et d'écarlate[8],
Se posait par instants sur ta peau délicate
    En y laissant de sa couleur ;

On voyait, au travers du rideau de batiste[9],
    Tes boucles dorer l'oreiller,
35 Et, sous leurs cils mi-clos, feignant de sommeiller,
    Tes beaux yeux de sombre améthyste[10].

---

1. **Varangues :** vérandas.
2. **Créoles :** natifs des colonies.
3. **Bobre :** instrument de musique formé d'un arc et d'une caisse de résonance.
4. **Madécasses :** malgaches, de Madagascar.
5. **Tamarin :** fruit tropical.
6. **Babouche :** pantoufle de cuir.
7. **Letchi :** arbre fruitier tropical.
8. **Écarlate :** rouge vif.
9. **Batiste :** très fine toile de lin.
10. **Améthyste :** pierre précieuse violette.

Tu t'en venais ainsi, par ces matins si doux,
    De la montagne à la grand'messe,
Dans ta grâce naïve et ta rose jeunesse,
40   Au pas rythmé de tes Hindoux.

Maintenant, dans le sable aride de nos grèves[1],
    Sous les chiendents[2], au bruit des mers,
Tu reposes parmi les morts qui me sont chers,
    Ô charme de mes premiers rêves !

Poèmes barbares, 1862.

---

1. **Grèves :** plages.
2. **Chiendents :** mauvaises herbes, particulièrement vivaces.

Charles Baudelaire
(1821-1867)

1857 est une date charnière pour la poésie française. C'est l'année où un tribunal condamne le recueil de Charles Baudelaire, *Les Fleurs du mal*, pour immoralité. On lui reproche de peindre le mal, l'ignoble, la misère humaine. Pourtant, loin de se complaire dans la laideur, il lui oppose, par le langage, un idéal, un ailleurs. Par cette métamorphose du réel au moyen d'une langue nouvelle, Baudelaire inaugure la poésie moderne. Depuis, *Les Fleurs du mal* n'ont cessé de briller comme un phare.

L'Albatros[1]

Souvent, pour s'amuser, les hommes d'équipage
Prennent des albatros, vastes oiseaux des mers,
Qui suivent, indolents[2] compagnons de voyage,
Le navire glissant sur les gouffres amers.

5   À peine les ont-ils déposés sur les planches[3],
Que ces rois de l'azur, maladroits et honteux,
Laissent piteusement[4] leurs grandes ailes blanches
Comme des avirons[5] traîner à côté d'eux.

---

1. **Albatros :** grand oiseau de mer qui peut atteindre 3,50 m d'envergure.
2. **Indolents :** paresseux.
3. **Planches :** pont du navire.
4. **Piteusement :** lamentablement.
5. **Avirons :** rames.

Ce voyageur ailé, comme il est gauche[1] et veule[2] !
10 Lui, naguère si beau, qu'il est comique et laid !
L'un agace son bec avec un brûle-gueule[3],
L'autre mime, en boitant, l'infirme qui volait !

Le Poète est semblable au prince des nuées
Qui hante la tempête et se rit de l'archer[4] ;
15 Exilé sur le sol au milieu des huées[5],
Ses ailes de géant l'empêchent de marcher.

Les Fleurs du mal, 1857.

---

1. **Gauche :** maladroit.
2. **Veule :** sans volonté.
3. · **Brûle-gueule :** pipe à tuyau très court.
4. **Archer :** tireur armé d'un arc.
5. **Huées :** cris d'une foule moqueuse.

Clefs d'analyse

Genre ou thèmes

1. V. 1-12 : quelle anecdote est racontée ? Relevez les actions accomplies par les marins. Quelle est leur motivation ? Comment qualifieriez-vous cette anecdote ?

2. V. 1-12 : parmi les périphrases et les adjectifs qui évoquent l'albatros, quels sont ceux qui traduisent sa majesté et sa liberté ? Quelles expressions l'associent aux grands espaces et au ciel ?

3. V. 5-12 : quelles expressions traduisent la maladresse et la souffrance de l'oiseau lorsqu'il est sur les planches ?

4. Étudiez la personnification de l'albatros.

5. Quelle figure de style débute la quatrième strophe ? Qu'ont en commun le Poète et l'albatros ?

6. Si le Poète est « exilé sur le sol », quel est son véritable domaine ? Que sont les « ailes de géant » du Poète ?

7. Que symbolisent les marins cruels et moqueurs ?

8. À quelle douloureuse contradiction le Poète est-il confronté ?

Langue

9. Quel type de phrase domine dans la troisième strophe ? Que traduit-il ?

10. Observez la syntaxe des v. 15-16. Avec quel mot est accordé le participe passé « exilé » ? Comment s'appelle cette figure de style qui rompt la construction syntaxique ? Quel effet produit-elle ?

Pour aller plus loin

11. Faites une recherche sur le procès des *Fleurs du mal*.

✳ À retenir

Dans l'œuvre de Baudelaire, le thème de l'**artiste déchiré** entre la boue du sol et l'aspiration à l'élévation est central. L'albatros en est le **symbole** : majestueux et sublime lorsqu'il arpente les vastes cieux, il se révèle faible et boiteux lorsqu'il est au sol. Le poète, à la fois **génial** et **incompris**, se reconnaît dans cet oiseau contradictoire.

*

Les Bijoux[1]

La très chère était nue, et, connaissant mon cœur,
Elle n'avait gardé que ses bijoux sonores,
Dont le riche attirail lui donnait l'air vainqueur
Qu'ont dans leurs jours heureux les esclaves des Mores[2].

5   Quand il jette en chantant son bruit vif et moqueur,
Ce monde rayonnant de métal et de pierre
Me ravit en extase, et j'aime à la fureur
Les choses où le son se mêle à la lumière.

Elle était donc couchée et se laissait aimer,
10   Et du haut du divan elle souriait d'aise
À mon amour profond et doux comme la mer,
Qui vers elle montait comme vers sa falaise.

Les yeux fixés sur moi, comme un tigre dompté,
D'un air vague et rêveur elle essayait des poses,
15   Et la candeur[3] unie à la lubricité[4]
Donnait un charme neuf à ses métamorphoses ;

Et son bras et sa jambe, et sa cuisse et ses reins,
Polis comme de l'huile, onduleux comme un cygne,
Passaient devant mes yeux clairvoyants et sereins ;
20   Et son ventre et ses seins, ces grappes de ma vigne,

S'avançaient, plus câlins que les Anges du mal,
Pour troubler le repos où mon âme était mise,
Et pour la déranger du rocher de cristal
Où, calme et solitaire, elle s'était assise.

---

1. « **Les Bijoux** » : ce poème fait partie des pièces censurées en 1857.
2. **Mores :** peuple d'Afrique du Nord.
3. **Candeur :** innocence, naïveté.
4. **Lubricité :** penchant excessif pour les plaisirs sensuels.

25 Je croyais voir unis par un nouveau dessin
Les hanches de l'Antiope[1] au buste d'un imberbe[2],
Tant sa taille faisait ressortir son bassin.
Sur ce teint fauve et brun le fard était superbe !

— Et la lampe s'étant résignée à mourir,
30 Comme le foyer[3] seul illuminait la chambre,
Chaque fois qu'il poussait un flamboyant soupir,
Il inondait de sang cette peau couleur d'ambre !

Les Fleurs du mal, 1857.

*

La Chevelure

Ô toison, moutonnant jusque sur l'encolure !
Ô boucles ! Ô parfum chargé de nonchaloir[4] !
Extase ! Pour peupler ce soir l'alcôve[5] obscure
Des souvenirs dormant dans cette chevelure,
5 Je la veux agiter dans l'air comme un mouchoir !

La langoureuse Asie et la brûlante Afrique,
Tout un monde lointain, absent, presque défunt[6],
Vit dans tes profondeurs, forêt aromatique !
Comme d'autres esprits voguent sur la musique,
10 Le mien, ô mon amour ! nage sur ton parfum.

J'irai là-bas où l'arbre et l'homme, pleins de sève,
Se pâment[7] longuement sous l'ardeur[8] des climats ;
Fortes tresses, soyez la houle qui m'enlève !

---

1. **Antiope :** reine des Amazones, dans la mythologie grecque.
2. **Imberbe :** personne dépourvue de poils.
3. **Foyer :** feu d'une cheminée.
4. **Nonchaloir :** paresse, inaction.
5. **Alcôve :** dans une chambre, renfoncement où l'on place le lit.
6. **Défunt :** mort.
7. **Se pâment :** sont proches de l'évanouissement.
8. **Ardeur :** chaleur.

Tu contiens, mer d'ébène[1], un éblouissant rêve
15   De voiles, de rameurs, de flammes et de mâts :

Un port retentissant où mon âme peut boire
À grands flots le parfum, le son et la couleur ;
Où les vaisseaux, glissant dans l'or et dans la moire[2],
Ouvrent leurs vastes bras pour embrasser la gloire
20   D'un ciel pur où frémit l'éternelle chaleur.

Je plongerai ma tête amoureuse d'ivresse
Dans ce noir océan où l'autre est enfermé ;
Et mon esprit subtil que le roulis[3] caresse
Saura vous retrouver, ô féconde paresse,
25   Infinis bercements du loisir embaumé !

Cheveux bleus, pavillon[4] de ténèbres tendues,
Vous me rendez l'azur du ciel immense et rond ;
Sur les bords duvetés de vos mèches tordues
Je m'enivre ardemment[5] des senteurs confondues
30   De l'huile de coco, du musc[6] et du goudron.

Longtemps ! toujours ! ma main dans ta crinière lourde
Sèmera le rubis, la perle et le saphir[7],
Afin qu'à mon désir tu ne sois jamais sourde !
N'es-tu pas l'oasis où je rêve, et la gourde
35   Où je hume à longs traits le vin du souvenir ?

Les Fleurs du mal, 1857.

---

1. **Ébène :** bois tropical de couleur noire.
2. **Moire :** étoffe aux reflets changeants.
3. **Roulis :** mouvement latéral du bateau, sous l'effet de l'ondulation des vagues.
4. **Pavillon :** tente.
5. **Ardemment :** violemment, vivement.
6. **Musc :** parfum oriental.
7. **Rubis, saphir :** pierres précieuses. Le rubis est rouge et le saphir est bleu.

Recueillement

Sois sage, ô ma Douleur, et tiens toi plus tranquille;
Tu réclamais le Soir; il descend; le voici.
Une atmosphère obscure enveloppe la ville,
Aux uns portant la paix, aux autres le Souci.

Pendant que des mortels la multitude vile,
Sous le fouet du Plaisir, ce bourreau sans merci,
Va cueillir des remords dans la fête servile,
Ma Douleur, donne moi la main, viens par ici,

Loin d'eux. Vois se pencher les défuntes Années,
Sur les balcons du Ciel, en robes surannées;
Surgir du fond des eaux le Regret souriant;

Le Soleil moribond s'endormir sous une arche,
Et, comme un long linceul qui traîne à l'Orient,
Entends, ma chère, entends la douce Nuit qui marche.

                        Charles Baudelaire.

Recueillement de Charles Baudelaire,
poème manuscrit.

*

L'Invitation au voyage

Mon enfant, ma sœur,
Songe à la douceur
D'aller là-bas vivre ensemble !
Aimer à loisir[1],
5 Aimer et mourir
Au pays qui te ressemble !
Les soleils mouillés
De ces ciels brouillés
Pour mon esprit ont les charmes
10 Si mystérieux
De tes traîtres yeux,
Brillant à travers leurs larmes.

Là, tout n'est qu'ordre et beauté,
Luxe, calme et volupté[2].

15 Des meubles luisants,
Polis par les ans,
Décoreraient notre chambre ;
Les plus rares fleurs
Mêlant leurs odeurs
20 Aux vagues senteurs de l'ambre[3] ;
Les riches plafonds,
Les miroirs profonds,
La splendeur orientale,
Tout y parlerait
25 À l'âme en secret
Sa douce langue natale.

Là, tout n'est qu'ordre et beauté,
Luxe, calme et volupté.

---

1. **À loisir :** à volonté.
2. **Volupté :** plaisir des sens.
3. **Ambre :** parfum exotique.

Vois sur ces canaux[1]
30　Dormir ces vaisseaux[2]
Dont l'humeur est vagabonde ;
C'est pour assouvir[3]
Ton moindre désir
Qu'ils viennent du bout du monde.
35　– Les soleils couchants
Revêtent les champs,
Les canaux, la ville entière,
D'hyacinthe[4] et d'or ;
Le monde s'endort
40　Dans une chaude lumière.

Là, tout n'est qu'ordre et beauté,
Luxe, calme et volupté.

Les Fleurs du mal, 1857.

*

Spleen[5]

Quand le ciel bas et lourd pèse comme un couvercle
Sur l'esprit gémissant en proie aux longs ennuis,
Et que de l'horizon embrassant tout le cercle
Il nous verse un jour noir plus triste que les nuits ;

5　Quand la terre est changée en un cachot[6] humide,
Où l'Espérance, comme une chauve-souris,
S'en va battant les murs de son aile timide
Et se cognant la tête à des plafonds pourris ;

---

1. **Canaux :** voies fluviales.
2. **Vaisseaux :** navires.
3. **Assouvir :** satisfaire.
4. **Hyacinthe :** pierre précieuse orangée.
5. **Spleen :** mot anglais signifiant « rate » et « humeur (noire) ». Ici, mal-être existentiel, ennui, écrasement. Ce malaise est indissociable de la poésie de Baudelaire.
6. **Cachot :** cellule d'isolement dans une prison.

Quand la pluie étalant ses immenses traînées
10 D'une vaste prison imite les barreaux,
Et qu'un peuple muet d'infâmes[1] araignées
Vient tendre ses filets au fond de nos cerveaux,

Des cloches tout à coup sautent avec furie
Et lancent vers le ciel un affreux hurlement,
15 Ainsi que des esprits errants et sans patrie
Qui se mettent à geindre[2] opiniâtrement[3].

– Et de longs corbillards[4], sans tambours ni musique,
Défilent lentement dans mon âme ; l'Espoir,
Vaincu, pleure, et l'Angoisse atroce, despotique[5],
20 Sur mon crâne incliné plante son drapeau noir.

Les Fleurs du mal, 1857.

---

1. **Infâmes :** ignobles.
2. **Geindre :** gémir, se plaindre.
3. **Opiniâtrement :** obstinément, avec acharnement.
4. **Corbillards :** véhicules mortuaires.
5. **Despotique :** tyrannique.

Théodore de Banville
(1823-1891)

Théodore de Banville naît dans l'Allier, à Moulins. Comme Gautier ou Leconte de Lisle, il réagit contre les débordements lyriques et bavards des romantiques mineurs et préfère la concision et la virtuosité technique. Il contribue aux riches heures du Parnasse. Pour Banville, c'est dans la perfection formelle que réside le secret de l'œuvre éternelle, qui est comme taillée dans le marbre. Critique et dramaturge, c'est un homme influent : c'est à lui que s'adressera le jeune Arthur Rimbaud.

Nous n'irons plus au bois, les lauriers sont coupés.
Les Amours des bassins, les Naïades[1] en groupe
Voient reluire au soleil en cristaux découpés
Les flots silencieux qui coulaient de leur coupe.
5   Les lauriers sont coupés, et le cerf aux abois
Tressaille au son du cor[2] ; nous n'irons plus au bois,
Où des enfants charmants riait la folle troupe
Sous les regards des lys aux pleurs du ciel trempés,
Voici l'herbe qu'on fauche et les lauriers qu'on coupe.
10   Nous n'irons plus au bois, les lauriers sont coupés.

Les Stalactites, 1846.

---

1. **Amours, Naïades :** sculptures. Les Amours sont des chérubins. Les Naïades sont les nymphes des fontaines et des rivières, dans la mythologie grecque.
2. **Cor :** instrument de musique, de la famille des cuivres, utilisé lors de la chasse.

Jean-Baptiste Clément
(1836-1903)

Jean-Baptiste Clément est un révolutionnaire né. À quatorze ans, il quitte son milieu cossu pour rejoindre les rangs du prolétariat et gagner son pain. Il fréquente les cercles républicains et socialistes, ne mâche pas ses mots vis-à-vis du pouvoir impérial et participe activement à la Commune de Paris en 1871. Sur les barricades, les insurgés entonnent cette chanson de Clément, mise en musique par un ancien ténor d'opéra. Charles Trenet, Yves Montand ou Juliette Gréco l'ont aussi chantée.

Le Temps des cerises

Quand nous chanterons le temps des cerises,
Et gai rossignol et merle moqueur
Seront tous en fête !
Les belles auront la folie en tête
5 Et les amoureux du soleil au cœur !
Quand nous chanterons le temps des cerises,
Sifflera bien mieux le merle moqueur !

Mais il est bien court le temps des cerises,
Où l'on s'en va deux[1], cueillir en rêvant
10 Des pendants d'oreilles…
Cerises d'amour aux robes pareilles,
Tombant sous la feuille en gouttes de sang…
Mais il est bien court, le temps des cerises,
Pendants de corail qu'on cueille en rêvant !

---

1. **Deux :** à deux.

15 Quand vous en serez au temps des cerises,
Si vous avez peur des chagrins d'amour,
Évitez les belles.
Moi qui ne crains pas les peines cruelles,
Je ne vivrai point sans souffrir un jour...
20 Quand vous en serez au temps des cerises,
Vous aurez aussi des peines d'amour !

J'aimerai toujours le temps des cerises,
C'est de ce temps-là que je garde au cœur
Une plaie ouverte...
25 Et dame Fortune[1] en m'étant offerte
Ne pourra jamais fermer ma douleur...
J'aimerai toujours le temps des cerises
Et le souvenir que je garde au cœur !

Paroles écrites en 1866,
mises en musique par Antoine Renard en 1868.

---

1. **Dame Fortune :** personnification de la chance.

José Maria de Heredia
(1842-1905)

Descendant de conquistadores espagnols, José Maria de Heredia naît à Cuba, mais c'est à Paris qu'il fait ses études. Proche de Leconte de Lisle qu'il considère comme un maître, il rejoint le Parnasse. Grand amateur d'art et de nature, féru de mythologie gréco-latine et d'histoire, il compose des poèmes-tableaux dont le sonnet forme le cadre. L'ensemble de son œuvre est rassemblé en 1893 dans *Les Trophées.*

Le Récif de corail

Le soleil sous la mer, mystérieuse aurore,
Éclaire la forêt des coraux abyssins[1]
Qui mêle, aux profondeurs de ses tièdes bassins,
La bête épanouie et la vivante flore.

5 Et tout ce que le sel ou l'iode colore,
Mousse, algue chevelue, anémones, oursins[2],
Couvre de pourpre sombre, en somptueux dessins,
Le fond vermiculé[3] du pâle madrépore.

De sa splendide écaille éteignant les émaux,
10 Un grand poisson navigue à travers les rameaux[4] ;
Dans l'ombre transparente indolemment[5] il rôde ;

Et, brusquement, d'un coup de sa nageoire en feu
Il fait, par le cristal morne, immobile et bleu,
Courir un frisson d'or, de nacre[6] et d'émeraude[7].

Les Trophées, 1893.

---

1. **Abyssins :** d'Abyssinie (Éthiopie).
2. **Anémones, oursins, madrépore :** animaux des fonds sous-marins.
3. **Vermiculé :** marqué de petites lignes colorées.
4. **Rameaux :** petites branches.
5. **Indolemment :** mollement.
6. **Nacre :** substance blanche et brillante qui forme l'intérieur de certains coquillages.
7. **Émeraude :** pierre précieuse de couleur verte.

Charles Cros
(1842-1888)

Charles Cros a toujours un temps d'avance, et reste méconnu de son vivant. À quatorze ans, il parle le sanscrit et l'hébreu, et obtient son baccalauréat. Bricoleur génial, il invente le « paléophone », cousin du phonographe d'Edison, mais sa découverte n'intéresse personne et c'est l'Américain qui dépose le brevet. Enfin, il est poète – un parnassien qui reste dans l'ombre jusqu'à ce que les surréalistes du XXᵉ siècle le redécouvrent et voient en lui un précurseur.

À Maurice Rollinat[1]

J'ai rêvé les amours divins,
L'ivresse des bras et des vins,
L'or, l'argent, les royaumes vains,

Moi, dix-huit ans, Elle, seize ans.
5 Parmi les sentiers amusants
Nous irions sur nos alezans[2].

Il est loin le temps des aveux
Naïfs, des téméraires[3] vœux !
Je n'ai d'argent qu'en mes cheveux.

10 Les âmes dont j'aurais besoin
Et les étoiles sont trop loin.
Je vais mourir saoul, dans un coin.

Le Coffret de santal, 1873.

---

1. **Maurice Rollinat :** poète français (1846-1903), contemporain de Charles Cros.
2. **Alezans :** chevaux à la robe jaune rougeâtre.
3. **Téméraires :** audacieux, risqués.

Stéphane Mallarmé
(1842-1898)

Si Stéphane Mallarmé écrit des vers depuis sa prime jeunesse, c'est en lisant Baudelaire et Edgar Poe qu'il rencontre l'idéal poétique. Devenu professeur d'anglais, il consacre toute sa vie à la poésie qu'il envisage comme un ailleurs rêvé, un exutoire à l'Ennui[1]. Son œuvre, mystérieuse et hermétique, est la recherche inlassable de l'exacte traduction de ses révélations poétiques. Les symbolistes voient en Mallarmé le maître de la poésie pure.

Le Tombeau[2] d'Edgar Poe[3]

Tel qu'en Lui-même enfin l'éternité le change,
Le poète suscite[4] avec un glaive[5] nu
Son siècle épouvanté de n'avoir pas connu[6]
Que la mort triomphait dans cette voix étrange !

5 Eux[7], comme un vil[8] sursaut d'hydre[9] oyant[10] jadis l'ange
Donner un sens plus pur aux mots de la tribu,

---

1. **L'Ennui :** l'ennui mallarméen rappelle le spleen baudelairien.
2. **Tombeau :** poème à la mémoire d'un défunt.
3. **Edgar (Allan) Poe :** écrivain américain (1809-1849). Ce sont Baudelaire et Mallarmé qui, les premiers, traduisirent l'œuvre de Poe qu'ils considéraient comme un maître. L'intérêt des Français le fit reconnaître dans son pays, où il était incompris. Vingt-cinq ans après la mort de Poe, on demanda à Mallarmé quelques vers pour l'inauguration d'un monument (un bloc non sculpté) érigé à Baltimore en l'honneur de l'écrivain américain. Pour Mallarmé, ce sonnet est le bas-relief qui manquait au monument.
4. **Suscite :** réveille.
5. **Glaive :** épée.
6. **Connu :** compris, reconnu.
7. **Eux :** son siècle, c'est-à-dire ses contemporains.
8. **Vil :** misérable.
9. **Hydre :** serpent mythologique aux multiples têtes qui se renouvelaient aussitôt qu'on les coupait.
10. **Oyant :** entendant.

Proclamèrent très haut le sortilège bu
Dans le flot sans honneur de quelque noir mélange[1],

Du sol et de la nue[2] hostiles, ô grief[3] !
10 Si notre idée avec[4] ne sculpte un bas-relief[5]
Dont la tombe de Poe éblouissante s'orne,

Calme bloc ici-bas chu[6] d'un désastre obscur,
Que ce granit du moins montre à jamais sa borne
Aux noirs vols du Blasphème[7] épars dans le futur !

Poésies, 1899.

*

Brise marine

La chair est triste, hélas ! et j'ai lu tous les livres.
Fuir ! là-bas fuir ! Je sens que des oiseaux sont ivres
D'être parmi l'écume inconnue et les cieux !
Rien, ni les vieux jardins reflétés par les yeux
5 Ne retiendra ce cœur qui dans la mer se trempe
Ô nuits ! ni la clarté déserte de ma lampe
Sur le vide papier que la blancheur défend
Et ni la jeune femme allaitant son enfant.
Je partirai ! Steamer[8] balançant ta mâture[9],
10 Lève l'ancre pour une exotique nature !

Un Ennui, désolé par les cruels espoirs,
Croit encore à l'adieu suprême des mouchoirs !

---

1. **Noir mélange :** ici, alcool.
2. **Nue :** ciel.
3. **Grief :** reproche.
4. **Avec :** avec le bloc (au vers 12).
5. **Bas-relief :** ornement sculpté en relief.
6. **Chu :** tombé.
7. **Blasphème :** sacrilège, parole qui outrage le divin.
8. **Steamer :** bateau à vapeur.
9. **Mâture :** ensemble des mâts d'un navire.

Et, peut-être, les mâts, invitant les orages
Sont-ils de ceux qu'un vent penche sur les naufrages
15   Perdus, sans mâts, sans mâts, ni fertiles îlots…
Mais, ô mon cœur, entends le chant des matelots !

Poésies, 1899.

*

Apparition

La lune s'attristait. Des séraphins[1] en pleurs
Rêvant, l'archet[2] aux doigts, dans le calme des fleurs
Vaporeuses, tiraient de mourantes violes[3]
De blancs sanglots glissant sur l'azur des corolles[4].
5   – C'était le jour béni de ton premier baiser.
Ma songerie aimant à me martyriser
S'enivrait savamment[5] du parfum de tristesse
Que même sans regret et sans déboire[6] laisse
La cueillaison d'un Rêve au cœur qui l'a cueilli.
10   J'errais donc, l'œil rivé sur le pavé vieilli
Quand avec du soleil aux cheveux, dans la rue
Et dans le soir, tu m'es en riant apparue
Et j'ai cru voir la fée au chapeau de clarté
Qui jadis sur mes beaux sommeils d'enfant gâté
15   Passait, laissant toujours de ses mains mal fermées
Neiger de blancs bouquets d'étoiles parfumées.

Poésies, 1899.

---

1. **Séraphins :** anges.
2. **Archet :** baguette tendue de crins qui sert à la pratique des instruments à cordes.
3. **Viole :** instrument à cordes, cousin du violoncelle.
4. **Corolles :** pétales des fleurs.
5. **Savamment :** d'une manière savante.
6. **Déboire :** dégoût.

Paul Verlaine
(1844-1896)

C'est une triste vie que celle de Paul Verlaine : celle d'un homme qui se voulait bon père de famille auprès de sa femme Mathilde, mais qui ne put s'empêcher de fuir avec le jeune Rimbaud, celle d'un homme qui aspirait à la sagesse mais qui ne savait résister à l'absinthe, celle d'un homme qui mourut dans la misère tout en laissant à la postérité une œuvre à nulle autre pareille. La musique verlainienne, estompée et tremblante comme une toile impressionniste, est reconnaissable entre toutes.

Mon rêve familier

Je fais souvent ce rêve étrange et pénétrant
D'une femme inconnue, et que j'aime, et qui m'aime,
Et qui n'est, chaque fois, ni tout à fait la même
Ni tout à fait une autre, et m'aime et me comprend.

5 Car elle me comprend, et mon cœur transparent
Pour elle seule, hélas ! cesse d'être un problème
Pour elle seule, et les moiteurs[1] de mon front blême[2],
Elle seule les sait rafraîchir, en pleurant.

Est-elle brune, blonde ou rousse ? – Je l'ignore.
10 Son nom ? Je me souviens qu'il est doux et sonore
Comme ceux des aimés que la Vie exila.

Son regard est pareil au regard des statues,
Et, pour sa voix, lointaine, et calme, et grave, elle a
L'inflexion[3] des voix chères qui se sont tues.

Poèmes saturniens, 1866.

---

1. **Moiteurs :** sueurs.
2. **Blême :** d'une pâleur maladive.
3. **Inflexion :** timbre (de voix).

*

Il pleure dans mon cœur
Comme il pleut sur la ville ;
Quelle est cette langueur
Qui pénètre mon cœur ?

5   Ô bruit doux de la pluie
Par terre et sur les toits !
Pour un cœur qui s'ennuie
Ô le chant de la pluie !

Il pleure sans raison
10   Dans ce cœur qui s'écœure.
Quoi ! nulle trahison ?
Ce deuil[1] est sans raison.

C'est bien la pire peine
De ne savoir pourquoi,
15   Sans amour et sans haine,
Mon cœur a tant de peine !

Romances sans paroles, 1874.

*

Chanson d'automne

Les sanglots longs
Des violons
    De l'automne
Blessent mon cœur
5   D'une langueur
    Monotone.

---

1. **Deuil :** douleur.

162

Tout suffocant[1]
Et blême, quand
    Sonne l'heure,
10   Je me souviens
Des jours anciens
    Et je pleure ;

Et je m'en vais
Au vent mauvais
15   Qui m'emporte
Deçà, delà,
Pareil à la
    Feuille morte.

Poèmes saturniens, 1866.

*

Le ciel est, par-dessus le toit[2],
Si bleu, si calme !
Un arbre par-dessus le toit,
Berce sa palme[3].

5   La cloche dans le ciel qu'on voit
Doucement tinte.
Un oiseau sur l'arbre qu'on voit
Chante sa plainte.

Mon Dieu, mon Dieu, la vie est là,
10 Simple et tranquille.
Cette paisible rumeur-là
Vient de la ville.

---

1. **Suffocant :** oppressé, pantelant.
2. **Le ciel est, par-dessus le toit :** Verlaine est en prison pour avoir tiré deux coups de pistolet sur Rimbaud lors d'une violente dispute.
3. **Palme :** ici, partie feuillue de l'arbre.

– Qu'as-tu fait, ô toi que voilà
Pleurant sans cesse,
15   Dis, qu'as-tu fait, toi que voilà,
De ta jeunesse ?

Le ciel est, par-dessus le toit,
       Si bleu, si calme !…

Sagesse, 1881.

*

Art poétique

À Charles Morice[1]

De la musique avant toute chose,
Et pour cela préfère l'Impair[2],
Plus vague et plus soluble dans l'air,
Sans rien en lui qui pèse ou qui pose.

5   Il faut aussi que tu n'ailles point
Choisir tes mots sans quelque méprise :
Rien de plus cher que la chanson grise
Où l'Indécis au Précis se joint.

C'est des beaux yeux derrière des voiles,
10   C'est le grand jour tremblant de midi,
C'est, par un ciel d'automne attiédi,
Le bleu fouillis des claires étoiles !

Car nous voulons la Nuance encor,
Pas la Couleur, rien que la nuance !
15   Oh ! la nuance seule fiance[3]
Le rêve au rêve et la flûte au cor !

---

1. **Charles Morice :** poète et essayiste (1860-1919). D'abord très critique à l'égard de la poésie de Verlaine, il devient ensuite son plus fervent admirateur.
2. **L'Impair :** le vers constitué d'un nombre impair de syllabes.
3. **Fiance :** marie, allie.

Fuis du plus loin la Pointe[1] assassine,
L'Esprit cruel et le Rire impur,
Qui font pleurer les yeux de l'Azur,
20 Et tout cet ail de basse cuisine !

Prend l'éloquence et tords-lui son cou !
Tu feras bien, en train d'énergie,
De rendre un peu la Rime assagie.
Si l'on n'y veille, elle ira jusqu'où ?

25 Ô qui dira les torts de la Rime !
Quel enfant sourd ou quel nègre fou
Nous a forgé ce bijou d'un sou
Qui sonne creux et faux sous la lime ?

De la musique encore et toujours !
30 Que ton vers soit la chose envolée
Qu'on sent qui fuit d'une âme en allée[2]
Vers d'autres cieux à d'autres amours.

Que ton vers soit la bonne aventure
Éparse[3] au vent crispé du matin
35 Qui va fleurant[4] la menthe et le thym…
Et tout le reste est littérature.

Jadis et Naguère, 1884.

---

1. **Pointe :** trait d'esprit.
2. **En allée :** partie.
3. **Éparse :** éparpillée.
4. **Fleurer :** sentir bon.

Clefs d'analyse

Clefs d'analyse

Genre ou thèmes

1. Observez les pronoms personnels et les adjectifs possessifs. À qui le poète s'adresse-t-il ? Quel est le but de ce poème ?
2. V. 2 : qu'est-ce que l'« Impair » ? Que reproche Verlaine au vers pair ? Comment s'appelle le mètre utilisé ici ?
3. V. 5-16 : relevez les termes qui évoquent le flou, la demi-teinte. Quelle est la supériorité de la « Nuance » sur la « Couleur » ? Que permet-elle d'exprimer ?
4. Repérez les formules familières. Quel refus ces formules illustrent-elles ?
5. V. 25-28 : à quel courant poétique Verlaine fait-il allusion ? Que reproche-t-il à la rime ? La rejette-t-il complètement ?
6. V. 36 : comment le mot « littérature » peut-il être péjoratif ? Que représente-t-il ici ?
7. Verlaine se contente-t-il d'énoncer des préceptes ? En quoi les applique-t-il ?
8. Quelle expression du poème pourrait résumer la poésie verlainienne ?

Langue

9. Les rimes du poème sont-elles majoritairement riches, suffisantes ou pauvres ? Recherchez des exemples de ces types de rime.
10. Cherchez des échos sonores qui ne soient pas situés à la rime (assonances, allitérations, rimes intérieures).

Pour aller plus loin

11. On qualifie souvent Verlaine de poète impressionniste. Préparez un exposé sur l'impressionnisme en peinture (histoire, esthétique, principaux représentants, tableaux célèbres).

✳ À retenir

L'« Art poétique » est à la fois un **manifeste** et une **illustration** de la poésie verlainienne. Afin de traduire non pas sa vision du monde mais l'**impression** insaisissable qu'il en a, Verlaine privilégie la « **chanson grise** », faite de **musicalité** et de nuances **floues**.

Tristan Corbière
(1845-1875)

Édouard Corbière, dit Tristan Corbière, naît à Ploujean, près de Morlaix. À l'adolescence, il ressent les premiers symptômes du rhumatisme tuberculeux qui l'emportera à la veille de ses trente ans. Contraint d'arrêter ses études, il s'installe à Roscoff pour y mêler navigation – sa grande passion – et vie de bohème. En 1873, fixé à Paris, il publie un recueil, *Les Amours jaunes*. Mais sa poésie ironique et désespérée passe inaperçue. C'est Verlaine qui, en 1883, rendra justice à ce « poète maudit ».

Rondel[1]

Il fait noir, enfant, voleur d'étincelles !
Il n'est plus de nuits, il n'est plus de jours ;
Dors... en attendant venir toutes celles
Qui disaient : Jamais ! Qui disaient : Toujours !

5 Entends-tu leurs pas ?... Ils ne sont pas lourds :
Oh ! les pieds légers ! – l'Amour a des ailes...
Il fait noir, enfant, voleur d'étincelles !
Entends-tu leurs voix ?... Les caveaux sont sourds.

Dors : il pèse peu, ton faix[2] d'immortelles[3] ;
10 Ils ne viendront pas, tes amis les ours,
Jeter leur pavé sur tes demoiselles...
Il fait noir, enfant, voleur d'étincelles !

Les Amours jaunes, 1873.

---

1. **Rondel :** rondeau, ou bref poème fondé sur la reprise du premier vers au milieu et à la fin de la pièce.
2. **Faix :** fardeau.
3. **Immortelles :** fleurs qui ont la particularité de ne pas se faner.

Arthur Rimbaud
(1854-1891)

La vie d'Arthur Rimbaud est placée sous le signe de la fugue. Il fuit Charleville-Mézières à seize ans pour gagner le Paris de la Commune et des milieux littéraires. Puis c'est la fuite avec Verlaine, sur les routes d'Angleterre et de Belgique. Il y aura encore Java, l'Allemagne, Chypre, l'Arabie, l'Abyssinie, puis la mort à Marseille, à trente-sept ans... L'attrait du nouveau guide sa vie comme sa poésie : Rimbaud veut inventer une langue capable de noter l'inexprimable, l'inconnu, le jamais dit.

Roman

I

On n'est pas sérieux, quand on a dix-sept ans.
– Un beau soir, foin¹ des bocks² et de la limonade,
Des cafés tapageurs³ aux lustres éclatants !
– On va sous les tilleuls verts de la promenade.

5   Les tilleuls sentent bon dans les bons soirs de juin !
L'air est parfois si doux, qu'on ferme la paupière ;
Le vent chargé de bruits, – la ville n'est pas loin, –
A des parfums de vigne et des parfums de bière...

II

– Voilà qu'on aperçoit un tout petit chiffon
10 D'azur sombre, encadré d'une petite branche,
Piqué d'une mauvaise étoile, qui se fond
Avec de doux frissons, petite et toute blanche...

---

1. **Foin :** assez.
2. **Bocks :** chopes (de bière).
3. **Tapageurs :** bruyants, voyants.

Nuit de juin ! Dix-sept ans ! – On se laisse griser[1].
La sève est du champagne et vous monte à la tête…
15   On divague[2] ; on se sent aux lèvres un baiser
Qui palpite là, comme une petite bête…

III

Le cœur fou Robinsonne[3] à travers les romans,
– Lorsque, dans la clarté d'un pâle réverbère,
Passe une demoiselle aux petits airs charmants,
20   Sous l'ombre du faux col effrayant de son père…

Et, comme elle vous trouve immensément naïf,
Tout en faisant trotter ses petites bottines,
Elle se tourne, alerte et d'un mouvement vif…
– Sur vos lèvres alors meurent les cavatines[4]…

IV

25   Vous êtes amoureux. Loué jusqu'au mois d'août.
Vous êtes amoureux. – Vos sonnets La font rire.
Tous vos amis s'en vont, vous êtes *mauvais goût.*
– Puis l'adorée, un soir, a daigné vous écrire… !

– Ce soir-là,… – vous rentrez aux cafés éclatants,
30   Vous demandez des bocks ou de la limonade…
– On n'est pas sérieux, quand on a dix-sept ans
Et qu'on a des tilleuls verts sur la promenade[5].

Poésies, septembre 1870.

*

---

1. **Griser :** enivrer.
2. **Divague :** s'égare.
3. **Robinsonne :** néologisme formé à partir du nom Robinson Crusoé, héros d'un roman de Daniel Defoe. À la suite d'un naufrage, Robinson Crusoé passa vingt-huit ans sur une île déserte.
4. **Cavatines :** airs d'opéra.
5. Voir l'étude consacrée à ce poème, pages 246 à 248.

Ma bohème (Fantaisie)

Je m'en allais, les poings dans mes poches crevées ;
Mon paletot[1] aussi devenait idéal ;
J'allais sous le ciel, Muse ! et j'étais ton féal[2] ;
Oh ! là ! là ! que d'amours splendides j'ai rêvées !

5   Mon unique culotte avait un large trou.
   – Petit Poucet rêveur, j'égrenais[3] dans ma course
Des rimes. Mon auberge était à la Grande Ourse[4].
   – Mes étoiles au ciel avaient un doux frou-frou[5].

Et je les écoutais, assis au bord des routes,
10 Ces bons soirs de septembre où je sentais des gouttes
De rosée à mon front, comme un vin de vigueur[6] ;

Où, rimant au milieu des ombres fantastiques,
Comme des lyres, je tirais les élastiques
De mes souliers blessés, un pied près de mon cœur !

Poésies, octobre 1870.

*

Le Dormeur du val

C'est un trou de verdure où chante une rivière
Accrochant follement aux herbes des haillons
D'argent ; où le soleil, de la montagne fière,
Luit : c'est un petit val[7] qui mousse de rayons.

---

1. **Paletot :** manteau, pardessus.
2. **J'étais ton féal :** je t'étais dévoué.
3. **Égrenais :** semais.
4. **Mon auberge était à la Grande Ourse :** je dormais à la belle étoile.
5. **Frou-frou :** onomatopée exprimant le bruit d'un froissement.
6. **Vigueur :** force.
7. **Val :** vallon.

5 Un soldat jeune, bouche ouverte, tête nue,
   Et la nuque baignant dans le frais cresson bleu,
   Dort ; il est étendu dans l'herbe, sous la nue,
   Pâle dans son lit vert où la lumière pleut.

   Les pieds dans les glaïeuls[1], il dort. Souriant comme
10 Sourirait un enfant malade, il fait un somme :
   Nature, berce-le chaudement : il a froid.

   Les parfums ne font pas frissonner sa narine ;
   Il dort dans le soleil, la main sur sa poitrine,
   Tranquille. Il a deux trous rouges au côté droit.

Poésies, octobre 1870.

---

1. **Glaïeuls :** fleurs de la famille des iris.

Clefs d'analyse

Genre ou thèmes

1. Étudiez la personnification de la nature. Quel rôle cette dernière joue-t-elle ?

2. Quels mots ou expressions donnent couleur et lumière à ce paysage ?

3. V. 5-14 (jusqu'à « tranquille ») : qu'apprend-on sur l'identité et l'aspect physique du personnage ? Que fait-il ? Relevez le champ lexical du sommeil et de la quiétude.

4. V. 14 : quel effet la dernière phrase produit-elle ? En quoi fait-elle écho au v. 1 ?

5. Rétrospectivement, quelles expressions ambiguës ont préparé cette chute ?

6. À quel événement historique la date « octobre 1870 » correspond-elle ?

7. Pourquoi le poète oppose-t-il la nature riante au jeune soldat mort ? Diriez-vous que le poète est admiratif devant la nature ou qu'il est ironique ? Que dénonce-t-il ?

Langue

8. Quel est le mètre utilisé dans ce poème ?

9. Faites un repérage des « e » muets qu'il convient de prononcer, et de ceux qu'il faut élider. Puis mémorisez ce poème, en respectant le compte de syllabes.

Écriture

10. Ajoutez un ou deux quatrain(s) après le v. 8. Poursuivez-y la description enchanteresse du val et le portrait du soldat endormi, sans perdre de vue la chute.

✳ À retenir

En octobre 1870, horrifié par la guerre franco-prussienne, le jeune Arthur Rimbaud compose « Le Dormeur du val ». Ce sonnet à **chute** révèle au dernier vers que le dormeur est un soldat mort et que le petit val enchanteur est un tombeau à la beauté **indécente**. En filigrane se lisent l'**ironie** et la **dénonciation** du poète révolté par la **guerre**.

*

Voyelles

A noir, E blanc, I rouge, U vert, O bleu : voyelles,
Je dirai quelque jour[1] vos naissances latentes[2] :
A, noir corset[3] velu des mouches éclatantes
Qui bombinent[4] autour des puanteurs cruelles,

5 Golfes[5] d'ombre ; E, candeurs[6] des vapeurs et des tentes,
Lances des glaciers fiers, rois blancs, frissons d'ombelles[7] ;
I, pourpres, sang craché, rire des lèvres belles
Dans la colère ou les ivresses pénitentes[8] ;

U, cycles, vibrements divins des mers virides[9],
10 Paix des pâtis[10] semés d'animaux, paix des rides
Que l'alchimie[11] imprime aux grands fronts studieux ;

O, suprême Clairon[12] plein des strideurs[13] étranges,
Silences traversés des Mondes et des Anges :
– O l'Oméga[14], rayon violet de Ses Yeux !

Poésies, 1871.

---

1. **Quelque jour :** un jour.
2. **Latentes :** cachées.
3. **Corset :** sous-vêtement féminin qui affine la taille.
4. **Bombinent :** bourdonnent (néologisme).
5. **Golfe :** étendue de mer qui rentre dans les terres.
6. **Candeurs :** blancheurs.
7. **Ombelles :** fleurs (à l'inflorescence caractéristique).
8. **Pénitentes :** qui se repentent.
9. **Virides :** vertes.
10. **Pâtis :** pâturages.
11. **Alchimie :** au Moyen Âge, science qui cherchait le secret de l'immortalité.
12. **Clairon :** trompette.
13. **Strideurs :** bruits perçants (néologisme).
14. **Oméga :** *o* long, dernière lettre de l'alphabet grec.

Un coin de table (1872), tableau de Henri Fantin-Latour.
Assis, de gauche à droite : Paul Verlaine et Arthur Rimbaud ;
Léon Valade, poète français (1841-1883) ;
Ernest d'Hervilly, écrivain français (1839-1911) ;
Camille Pelletan, homme politique français (1846-1915).
Debout, de gauche à droite :
Elzéar Bonnier, poète français (1849-1916) ;
Émile Blémont, écrivain français (1839-1927) ;
Jean Aicard, écrivain français (1848-1921).

Émile Verhaeren
(1855-1916)

Émile Verhaeren naît à Sint-Amands dans la province d'Anvers en Belgique. Il étudie le droit, attiré par la carrière d'avocat, mais il abandonne le barreau pour se consacrer à la poésie. Admirateur des symbolistes, il est l'un des premiers à composer en vers libres et développe peu à peu un art personnel autour d'un thème de prédilection : la ville modernisée par la révolution industrielle. Ce poète du rail, du charbon et des gares meurt tragiquement, sous les roues d'un train, en gare de Rouen.

La Ville

Tous les chemins vont vers la ville.

Du fond des brumes,
Avec tous ses étages en voyage
Jusques au ciel, vers de plus hauts étages,
5   Comme d'un rêve, elle s'exhume[1].

Là-bas,
Ce sont des ponts musclés de fer,
Lancés, par bonds, à travers l'air ;
Ce sont des blocs et des colonnes
10   Que décorent Sphinx[2] et Gorgones[3] ;
Ce sont des tours sur des faubourgs ;
Ce sont des millions de toits
Dressant au ciel leurs angles droits :

---

1. **S'exhume :** sort de terre.
2. **Sphinx :** monstre mythologique à tête de femme, corps de lion et ailes d'aigle. Le Sphinx (ou la Sphinge) terrorisait la région de Thèbes et dévorait ceux qui ne devinaient pas la solution de son énigme.
3. **Gorgones :** monstres mythologiques capables de pétrifier quiconque les regardait.

C'est la ville tentaculaire[1],
15 Debout,
Au bout des plaines et des domaines.

Des clartés rouges
Qui bougent
Sur des poteaux et des grands mâts
20 Même à midi, brûlent encor
Comme des œufs de pourpre et d'or ;
Le haut soleil ne se voit pas :
Bouche de lumière, fermée
Par le charbon et la fumée.

25 Un fleuve de naphte[2] et de poix[3]
Bat les môles[4] de pierre et les pontons de bois ;
Les sifflets crus des navires qui passent
Hurlent de peur dans le brouillard ;
Un fanal[5] vert est leur regard
30 Vers l'océan et les espaces.

Des quais sonnent aux chocs de lourds fourgons[6] ;
Des tombereaux[7] grincent comme des gonds[8] ;
Des balances de fer font choir[9] des cubes d'ombre
Et les glissent soudain en des sous-sols de feu ;
35 Des ponts s'ouvrant par le milieu,
Entre les mâts touffus dressent des gibets[10] sombres
Et des lettres de cuivre inscrivent l'univers,
Immensément, par à travers
Les toits, les corniches et les murailles,

---

1. **Tentaculaire :** qui se développe dans toutes les directions, ses axes formant comme des tentacules.
2. **Naphte :** pétrole.
3. **Poix :** résine, goudron.
4. **Môles :** digues.
5. **Fanal :** lanterne qui signale l'entrée du port.
6. **Fourgons :** wagons de marchandises.
7. **Tombereaux :** lourdes charrettes servant au transport des matériaux.
8. **Gonds :** charnières de porte.
9. **Choir :** tomber.
10. **Gibets :** instruments de supplice, utilisés pour la pendaison.

40 Face à face, comme en bataille.

Et tout là-bas, passent chevaux et roues,
Filent les trains, vole l'effort,
Jusqu'aux gares, dressant, telles des proues[1]
Immobiles, de mille en mille, un fronton d'or.
45 Des rails ramifiés[2] y descendent sous terre
Comme en des puits et des cratères
Pour reparaître au loin en réseaux clairs d'éclairs
Dans le vacarme et la poussière.
C'est la ville tentaculaire.

50 La rue – et ses remous comme des câbles
Noués autour des monuments –
Fuit et revient en longs enlacements[3] ;
Et ses foules inextricables[4]
Les mains folles, les pas fiévreux,
55 La haine aux yeux,
Happent[5] des dents le temps qui les devance.
À l'aube, au soir, la nuit,
Dans la hâte, le tumulte[6], le bruit,
Elles jettent vers le hasard l'âpre[7] semence
60 De leur labeur que l'heure emporte.
Et les comptoirs mornes et noirs
Et les bureaux louches et faux
Et les banques battent des portes
Aux coups de vent de la démence[8].

65 Le long du fleuve, une lumière ouatée[9],
Trouble et lourde, comme un haillon qui brûle,
De réverbère en réverbère se recule.

---

1. **Proue :** avant d'un navire.
2. **Ramifiés :** en forme de rameaux, de branches.
3. **Enlacements :** étreintes.
4. **Inextricables :** impossibles à démêler.
5. **Happent :** saisissent.
6. **Tumulte :** agitation.
7. **Âpre :** difficile, désagréable.
8. **Démence :** folie.
9. **Ouatée :** feutrée, douce.

La vie, avec des flots d'alcool est fermentée.
Les bars ouvrent sur les trottoirs
70 Leurs tabernacles[1] de miroirs
Où se mirent l'ivresse et la bataille ;
Une aveugle s'appuie à la muraille
Et vend de la lumière, en des boîtes d'un sou ;
La débauche et le vol s'accouplent en leur trou ;
75 La brume immense et rousse
Parfois jusqu'à la mer recule et se retrousse
Et c'est alors comme un grand cri jeté
Vers le soleil et sa clarté :
Places, bazars, gares, marchés,
80 Exaspèrent[2] si fort leur vaste turbulence
Que les mourants cherchent en vain le moment de silence
Qu'il faut aux yeux pour se fermer.

Telle, le jour – pourtant, lorsque les soirs
Sculptent le firmament, de leurs marteaux d'ébène,
85 La ville au loin s'étale et domine la plaine
Comme un nocturne et colossal[3] espoir ;
Elle surgit : désir, splendeur, hantise ;
Sa clarté se projette en lueurs jusqu'aux cieux,
Son gaz myriadaire[4] en buissons d'or s'attise[5],
90 Ses rails sont des chemins audacieux
Vers le bonheur fallacieux[6]
Que la fortune et la force accompagnent ;
Ses murs se dessinent pareils à une armée
Et ce qui vient d'elle encor de brume et de fumée
95 Arrive en appels clairs vers les campagnes.

---

1. **Tabernacle :** meuble ouvragé placé sur l'autel et dans lequel sont enfermés les objets sacrés ; ici, lieu vénéré pour le plaisir qu'on y prend.
2. **Exaspèrent :** augmentent.
3. **Colossal :** gigantesque, immense.
4. **Myriadaire :** innombrable.
5. **S'attise :** s'embrase, s'allume.
6. **Fallacieux :** trompeur.

C'est la ville tentaculaire,
La pieuvre ardente et l'ossuaire[1]
Et la carcasse solennelle.

Et les chemins d'ici s'en vont à l'infini
100   Vers elle.

Les Campagnes hallucinées, 1893.

---

1. **Ossuaire :** lieu où l'on entrepose les ossements des morts.

Jules Laforgue
(1860-1887)

Jules Laforgue naît à Montevideo, en Uruguay. Après plusieurs années passées en internat, il perd sa mère à dix-sept ans. À la désespérance de sa vie, brève et triste, Laforgue oppose un humour mélancolique et une raillerie volontiers provocatrice. Considéré comme un poète décadent, il fait voler en éclats l'art rigoureux des parnassiens pour lui substituer le style désinvolte, familier et débraillé d'un clown triste. Consumé par la phtisie, il meurt à vingt-sept ans.

Dimanches

Oh ! ce piano, ce cher piano,
Qui jamais, jamais ne s'arrête,
Oh ! ce piano qui geint[1] là-haut
Et qui s'entête sur ma tête !

5   Ce sont de sinistres polkas[2],
Et des romances[3] pour concierge,
Des exercices délicats,
Et *La Prière d'une vierge*[4] !

Fuir ? où aller, par ce printemps ?
10   Dehors, dimanche, rien à faire…
Et rien à fair' non plus dedans…
Oh! rien à faire sur la Terre !…

---

1. **Geint :** gémit.
2. **Polkas :** airs au tempo plutôt rapide à la mode au XIXᵉ siècle, sur lesquels on dansait la polka.
3. **Romances :** chansons sentimentales populaires.
4. **La Prière d'une vierge :** air de piano composé par une compositrice polonaise, Tekla Badarzewska (1834-1861).

Ohé, jeune fille au piano !
Je sais que vous n'avez point d'âme !
15   Puis[1] pas donner dans le panneau[2]
De la nostalgie de vos gammes…

Fatals bouquets du Souvenir,
Folles légendes décaties[3],
Assez ! assez ! vous vois venir,
20   Et mon âme est bientôt partie…

Vrai, un dimanche sous ciel gris,
Et je ne fais plus rien qui vaille,
Et le moindre orgu' de Barbari[4]
(Le pauvre !) m'empoigne aux entrailles !

25   Et alors, je me sens trop fou !
Marié, je tuerais la bouche
De ma mie[5] ! et, à deux genoux,
Je lui dirais ces mots bien louches :

« Mon cœur est trop, ah trop central !
30   Et toi, tu n'es que chair humaine ;
Tu ne vas donc pas trouver mal
Que je te fasse de la peine ! »

Des fleurs de bonne volonté, 1890 (posthume).

---

1. **Puis pas :** je ne puis pas.
2. **Donner dans le panneau :** se laisser berner.
3. **Décaties :** usées, miteuses.
4. **Orgu[e] de Barbari[e] :** instrument de musique à manivelle que l'on actionne pour faire défiler une bande de carton perforée au-dessus de soufflets.
5. **Ma mie :** ma bien-aimée.

Paul-Jean Toulet
(1867-1920)

Paul-Jean Toulet, poète béarnais, n'est connu que des amoureux de la poésie. Il est pourtant l'auteur d'un recueil qui a toute sa place dans une anthologie. *Les Contrerimes*, publiées après la mort du poète, sont des poèmes brefs où se joue un jeu subtil de rimes et de mètres décalés : un écho sonore réunit alors, « à contre-longueur », deux mètres inégaux. Dans ce cadre formel extrêmement contraint, au rythme claudiquant, Toulet s'épanche avec pudeur.

En Arles

Dans Arle[1], où sont les Aliscams[2],
Quand l'ombre est rouge, sous les roses,
    Et clair le temps,
Prends garde à la douceur des choses,
5   Lorsque tu sens battre sans cause
    Ton cœur trop lourd ;
Et que se taisent les colombes :
Parle tout bas, si c'est d'amour,
    Au bord des tombes.

Les Contrerimes, 1921 (posthume).

---

1. **Arle :** l'absence du *s* a fait couler beaucoup d'encre… Est-ce une licence poétique pour ne pas déborder du cadre de l'octosyllabe ? S'agit-il d'une graphie provençale délibérée ou d'une coquille d'éditeur ? Paul-Jean Toulet a emporté son secret.
2. **Aliscams (ou Alyscamps) :** nécropole romaine, située à Arles. Il convient de prononcer le mot « Aliscams » de façon qu'il rime avec « temps ».

Paul Claudel
(1868-1955)

Paul Claudel naît en Champagne, à Villeneuve-sur-Fère. À l'âge de dix-sept ans, il reçoit un double choc qui bouleverse sa vie : il lit pour la première fois les *Illuminations* de Rimbaud, et il découvre la foi lors d'une messe de Noël à Notre-Dame de Paris. Dès lors, pour le jeune Claudel, inspiration poétique et spiritualité religieuse ne font plus qu'un. Il voue sa vie à la littérature, mais aussi à une importante carrière de diplomate qui le mène des États-Unis à la Chine.

L'Esprit et l'eau

Après le long silence fumant,

Après le grand silence civil de maints jours tout fumant de rumeurs et de fumées,

Haleine de la terre en culture et ramage des grandes villes dorées,

5   Soudain l'Esprit de nouveau, soudain le souffle de nouveau,

Soudain le coup sourd au cœur, soudain le mot donné, soudain le souffle de l'Esprit, le rapt[1] sec, soudain la possession de l'Esprit !

10   Comme quand dans le ciel plein de nuit avant que ne claque le premier feu de foudre,

Soudain le vent de Zeus[2] dans un tourbillon plein de pailles et de poussières avec la lessive de tout le village !

Mon Dieu, qui au commencement avez séparé les eaux supérieures des eaux inférieures,

15   Et qui de nouveau avez séparé de ces eaux humides que je dis,

---

1. **Rapt :** enlèvement.
2. **Zeus :** dans la mythologie grecque, Zeus est le roi des dieux, qui règne sur le Ciel.

L'aride[1], comme un enfant divisé[2] de l'abondant corps maternel,

20 La terre bien chauffante, tendre-feuillante[3] et nourrie du lait de la pluie,

Et qui dans le temps de la douleur comme au jour de la création saisissez dans votre main toute-puissante

L'argile humaine[4] et l'esprit de tous côtés vous gicle entre les doigts,

25 De nouveau après les longues routes terrestres,

Voici l'Ode[5], voici que cette grande Ode nouvelle vous est présente,

Non point comme une chose qui commence, mais peu à peu comme la mer qui était là,

30 La mer de toutes les paroles humaines avec la surface en divers endroits

Reconnue par un souffle sous le brouillard et par l'œil de la matrone[6] Lune !

Cinq Grandes Odes, « Deuxième Ode », extrait,
© Éditions Gallimard, 1910.

---

1. **Mon Dieu [...] L'aride :** allusion à la création du ciel, de la mer et du continent dans la Genèse, chapitre I.
2. **Divisé :** séparé.
3. **Tendre-feuillante :** invention verbale. Luxuriante et bienfaisante.
4. **Argile humaine :** dans la Genèse, chapitre II, Dieu modèle l'homme avec de l'argile et de l'eau avant de lui insuffler la vie.
5. **Ode :** genre poétique hérité du poète grec Pindare. Chant de louange.
6. **Matrone :** femme d'âge mûr, expérimentée.

Francis Jammes
(1868-1938)

Né dans les Hautes-Pyrénées, à Tournay, Francis Jammes publie ses premiers poèmes en 1894 : le grand Mallarmé est séduit. S'il fait de nombreux séjours parisiens, le temps de se lier avec André Gide ou Paul Claudel, il reste pourtant fidèle à sa province natale. Après les mystères du symbolisme, Jammes prône une poésie du réel, du concret, peuplée de petites gens et d'humbles bêtes. Découvrant la foi chrétienne, il s'impose dès 1905 comme l'un des grands poètes catholiques, avec Claudel et Péguy.

Prière pour aller au Paradis avec les ânes

Lorsqu'il faudra aller vers vous, ô mon Dieu, faites
que ce soit par un jour où la campagne en fête
poudroiera[1]. Je désire, ainsi que je fis ici-bas,
choisir un chemin pour aller, comme il me plaira,
5   au Paradis, où sont en plein jour les étoiles.
Je prendrai mon bâton et sur la grande route
j'irai, et je dirai aux ânes, mes amis :
Je suis Francis Jammes et je vais au Paradis,
car il n'y a pas d'enfer au pays du Bon Dieu.
10   Je leur dirai : « Venez, doux amis du ciel bleu,
pauvres bêtes chéries qui, d'un brusque mouvement d'oreille,
chassez les mouches plates, les coups et les abeilles… »

Que je Vous apparaisse au milieu de ces bêtes
que j'aime tant parce qu'elles baissent la tête
15   doucement, et s'arrêtent en joignant leurs petits pieds
d'une façon bien douce et qui vous fait pitié.

---

1. **Poudroiera :** scintillera (comme de la poussière au soleil).

J'arriverai suivi de leurs milliers d'oreilles,
suivi de ceux qui portèrent au flanc des corbeilles,
de ceux traînant des voitures de saltimbanques[1]
20   ou des voitures de plumeaux et de fer-blanc[2],
de ceux qui ont au dos des bidons bossués[3],
des ânesses pleines comme des outres[4], aux pas cassés,
de ceux à qui l'on met de petits pantalons
à cause des plaies bleues et suintantes[5] que font
25   les mouches entêtées qui s'y groupent en ronds.
Mon Dieu, faites qu'avec ces ânes je Vous vienne.
Faites que, dans la paix, des anges nous conduisent
vers des ruisseaux touffus où tremblent des cerises
lisses comme la chair qui rit des jeunes filles,
30   et faites que, penché dans ce séjour des âmes,
sur vos divines eaux, je sois pareil aux ânes
qui mireront leur humble et douce pauvreté
à la limpidité[6] de l'amour éternel.

Le Deuil des primevères, 1901.

---

1. **Saltimbanques :** artistes ambulants.
2. **Voitures de plumeaux et de fer-blanc :** véhicules de colporteurs, de marchands ambulants.
3. **Bossués :** cabossés.
4. **Outres :** gourdes en peau.
5. **Suintantes :** qui coulent, purulentes.
6. **Limpidité :** clarté.

Paul Valéry (1871-1945)

Paul Valéry naît à Sète, non loin de Montpellier où il fait ses études. Très impressionné par les symbolistes, et par Mallarmé plus que tout autre, il se lance dans l'aventure poétique. Une nuit de 1892, alors qu'il séjourne à Gênes, il est pris d'un soudain dégoût pour la littérature, qui le détourne de l'activité intellectuelle. S'ensuit un silence de vingt ans. Sous l'impulsion d'André Gide, Valéry renoue avec la poésie en faisant de l'intellect et de la connaissance ses principaux thèmes.

Les Grenades[1]

Dures grenades entr'ouvertes
Cédant à l'excès de vos grains,
Je crois voir des fronts[2] souverains
Éclatés de leurs découvertes !

5   Si les soleils par vous subis,
Ô grenades entre-bâillées[3],
Vous ont fait d'orgueil travaillées
Craquer les cloisons de rubis,

Et que si[4] l'or sec de l'écorce
10 À la demande d'une force
Crève en gemmes[5] rouges de jus,

Cette lumineuse rupture
Fait rêver une âme que j'eus
De sa secrète architecture.

Charmes, © Éditions Gallimard, 1922.

---

1. **Grenades :** fruits du grenadier, qui contiennent des grains rouges.
2. **Fronts :** par métonymie, cerveaux.
3. **Entre-bâillées :** entrouvertes.
4. **Et que si :** et si.
5. **Gemmes :** bourgeons, mais aussi pierres précieuses.

Charles Péguy
(1873-1914)

Charles Péguy naît à Orléans. Son père meurt quelques mois après et sa mère, rempailleuse de chaises, est à la peine pour le nourrir. Élève brillant et sérieux, il se hisse jusqu'à l'École normale supérieure. Les valeurs dont il est pétri le mènent vers le socialisme et la défense active du capitaine Dreyfus. Vers 1908, il retrouve la foi qu'il avait perdue. Dès lors, son œuvre poétique témoigne d'une double ferveur, catholique et patriotique. Il meurt au front, au début de la bataille de la Marne.

Châteaux de Loire

Le long du coteau courbe et des nobles vallées
Les châteaux sont semés comme des reposoirs[1],
Et dans la majesté des matins et des soirs
La Loire et ses vassaux[2] s'en vont par ces allées.

5 Cent vingt châteaux lui font une suite courtoise[3],
Plus nombreux, plus nerveux[4], plus fins que des palais.
Ils ont nom Valençay, Saint-Aignan et Langeais,
Chenonceau et Chambord, Azay, le Lude, Amboise.

Et moi j'en connais un dans les châteaux de Loire
10 Qui s'élève plus haut que le château de Blois,
Plus haut que la terrasse où les derniers Valois[5]
Regardaient le soleil se coucher dans sa gloire.

---

1. **Reposoirs :** autels.
2. **Vassaux :** sujets.
3. **Suite courtoise :** cortège, escorte de sujets.
4. **Nerveux :** ici, sobres.
5. **Valois :** le château de Blois fut la résidence principale des derniers rois de la dynastie des Valois (François II, Charles IX, Henri III).

La moulure est plus fine et l'arceau[1] plus léger.
La dentelle de pierre est plus dure et plus grave.
15 La décence[2] et l'honneur et la mort qui s'y grave
Ont inscrit leur histoire au cœur de ce verger[3].

Et c'est le souvenir qu'a laissé sur ces bords
Une enfant[4] qui menait son cheval vers le fleuve.
Son âme était récente[5] et sa cotte était neuve.
20 Innocente elle allait vers le plus grand des sorts.

Car elle qui venait du pays tourangeau[6],
C'était la même enfant qui quelques jours plus tard,
Gouvernant d'un seul mot le rustre[7] et le soudard[8],
Descendait devers Meung ou montait vers Jargeau[9].

Œuvres poétiques complètes, 1912.

---

1. **Moulure, arceau :** ornements architecturaux.
2. **Décence :** honnêteté, bienséance.
3. **Ce verger :** le Val de Loire (ou vallée de la Loire).
4. **Une enfant :** il s'agit de Jeanne d'Arc.
5. **Récente :** pure, innocente.
6. **Tourangeau :** de Tours.
7. **Rustre :** brute.
8. **Soudard :** soldat.
9. **Meung, Jargeau :** villes du Val de Loire, d'où Jeanne d'Arc, en route pour Reims, chassa les troupes anglaises (juin 1429).

Max Jacob
(1876-1944)

Né à Quimper, dans une famille juive d'origine allemande, Max Jacob rejoint la capitale en 1898. En compagnie de ses amis Picasso et Apollinaire, il vit les riches heures de Montmartre où virevolte toute l'avant-garde de l'art moderne. Il publie en 1917 *Le Cornet à dés*, recueil de poèmes en prose, burlesques et décousus, où apparaît en creux le désespoir du poète. En 1944, il est arrêté par la Gestapo et meurt d'épuisement au camp de transit de Drancy, où il n'est plus que le matricule 15872.

Une de mes journées

Avoir voulu puiser de l'eau à la pompe avec deux pots bleus, avoir été pris de vertige à cause de la hauteur de l'échelle ; être revenu parce que j'avais un pot de trop et n'être pas retourné à la pompe à cause du vertige ; être sorti pour acheter un plateau pour ma lampe parce qu'elle laisse le pétrole l'abandonner ; n'avoir pas trouvé d'autres plateaux que des plateaux à thé, carrés, peu convenables pour des lampes et être sorti sans plateau. M'être dirigé vers la bibliothèque publique et m'être aperçu en chemin que j'avais deux faux cols et pas de cravate ; être rentré à la maison ; être allé chez M. Vildrac[1] pour lui demander une Revue et n'avoir pas pris cette Revue parce que M. Jules Romains[2] y dit du mal de moi. N'avoir pas dormi à cause d'un remords, à cause des remords et du désespoir.

Le Cornet à dés, © Éditions Gallimard, 1917.

---

1. **Charles Vildrac :** poète et dramaturge (1882-1971), contemporain de Jacob.
2. **Jules Romains :** homme de lettres français (1885-1972), ami de Vildrac.

Clefs d'analyse

Genre ou thèmes

1. Observez la disposition des mots sur la page. En quoi ce poème diffère-t-il de ceux que vous avez lus jusqu'à présent ?
2. Dressez la liste des actions accomplies par le poète.
3. Quelles actions traduisent des intentions du poète ? Sont-elles suivies de succès ou d'échecs ?
4. Quelles actions vous font sourire ? Lesquelles vous semblent absurdes ?
5. En quoi la dernière phrase modifie-t-elle la tonalité du poème ? Quelle gradation y observez-vous ?

Langue

6. Relevez les négations et les expressions qui traduisent l'échec.
7. À quel mode et à quel temps les actions sont-elles exprimées ? Comment sont-elles reliées entre elles ? Quel est l'effet produit ?
8. Quelle conjonction de subordination est répétée trois fois ? Quelle locution prépositionnelle est répétée quatre fois ? Quel lien logique expriment-elles toutes deux ?
9. Que suggère le pluriel « mes journées » dans le titre ?
10. Le poète vous semble-t-il maître de sa vie ? Aidez-vous de vos réponses aux questions 6 à 9.

Écriture

11. À la manière de Max Jacob, racontez une de vos journées en inventant une succession d'échecs et de situations cocasses ou absurdes.

✳ À retenir

Max Jacob affectionne le **poème en prose**, qu'il définit comme « un objet construit », **clos** sur lui-même.
Dans « Une de mes journées », il se dépeint comme un perdant **craintif** et **déshumanisé** qui subit sa vie, tel un automate. Ce poème est un bel exemple de la tonalité de Jacob, où l'**humour** cocasse et parfois absurde laisse transparaître une inquiétude profonde.

Clefs d'analyse

Anna de Noailles
(1876-1933)

D'ascendance grecque et roumaine, la princesse Anne-Élisabeth Bibesco Bassaraba de Brancovan naît à Paris. À dix-neuf ans, elle épouse le comte de Noailles. Le lyrisme vibrant et passionné du *Cœur innombrable*, publié en 1901, suscite l'enthousiasme et prouve que le romantisme n'a pas dit son dernier mot. Figure incontournable de son temps, Anna de Noailles ouvre bientôt son salon à toute l'élite culturelle de l'époque. S'y croisent Rostand, Claudel, Cocteau, Max Jacob, Jammes, Valéry…

L'Empreinte

Je m'appuierai si bien et si fort à la vie,
D'une si rude étreinte et d'un tel serrement,
Qu'avant que la douceur du jour me soit ravie[1]
Elle s'échauffera de mon enlacement.

5   La mer, abondamment sur le monde étalée,
Gardera, dans la route errante de son eau,
Le goût de ma douleur qui est âcre[2] et salée
Et sur les jours mouvants roule comme un bateau.

Je laisserai de moi dans le pli des collines
10 La chaleur de mes yeux qui les ont vu fleurir,
Et la cigale assise aux branches de l'épine
Fera vibrer le cri strident[3] de mon désir.

---

1. **Ravie :** enlevée.
2. **Âcre :** amère, aigre.
3. **Strident :** aigu, perçant.

Dans les champs printaniers la verdure nouvelle
Et le gazon touffu sur le bord des fossés
15   Sentiront palpiter et fuir comme des ailes
Les ombres de mes mains qui les ont tant pressés.

La nature qui fut ma joie et mon domaine
Respirera dans l'air ma persistante ardeur,
Et sur l'abattement de la tristesse humaine
20   Je laisserai la forme unique de mon cœur…

Le Cœur innombrable, 1901.

Guillaume Apollinaire
(1880-1918)

Wilhelm Apollinaris de Kostrowitzky, dit Guillaume Apollinaire, marque un tournant dans la poésie. S'il ne renie pas l'héritage lyrique des siècles passés – loin s'en faut, il en est même un grand lecteur –, il lui fait subir une véritable révolution esthétique. Au moment même où ses amis peintres donnent naissance au cubisme, Apollinaire supprime la ponctuation et (ré)invente le calligramme. À l'instar du tableau cubiste, le poème d'Apollinaire apparaît comme un objet à recréer.

Le Pont Mirabeau

Sous le pont Mirabeau[1] coule la Seine
      Et nos amours
    Faut-il qu'il m'en souvienne
La joie venait toujours après la peine

5   Vienne la nuit sonne l'heure
     Les jours s'en vont je demeure

Les mains dans les mains restons face à face
      Tandis que sous
    Le pont de nos bras passe
10 Des éternels regards l'onde si lasse

     Vienne la nuit sonne l'heure
     Les jours s'en vont je demeure

---

1. **Pont Mirabeau :** pont qui relie les XVe et XVIe arrondissements de Paris depuis 1897.

L'amour s'en va comme cette eau courante
L'amour s'en va
15   Comme la vie est lente
Et comme l'Espérance est violente

Vienne la nuit sonne l'heure
Les jours s'en vont je demeure

Passent les jours et passent les semaines
20   Ni temps passé
Ni les amours reviennent
Sous le pont Mirabeau coule la Seine

Vienne la nuit sonne l'heure
Les jours s'en vont je demeure

Alcools, © Éditions Gallimard, 1913.

L'Oiseau et le bouquet

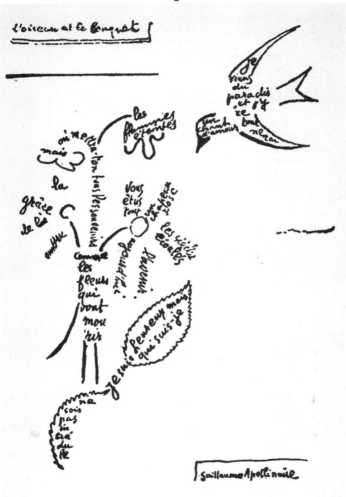

Calligrammes, © Éditions Gallimard, 1918.

Clefs d'analyse

Genre ou thèmes

1. Regardez ce poème sans le lire : que voyez-vous ? Listez les éléments du dessin.
2. Par quoi les images sont-elles constituées ? Comment s'appelle ce genre de poème ?
3. Rencontrez-vous des difficultés pour le lire ?
4. Réécrivez tous les éléments textuels de façon linéaire, dans l'ordre de votre choix. Comparez ensuite votre version avec celles de vos camarades. Constatez-vous des différences ? Qu'en déduisez-vous sur la nature même du calligramme ?
5. Quels thèmes dominent dans le texte qui forme les fleurs ? Quels thèmes dominent dans le texte qui figure l'oiseau ? Recherchez tous les liens entre les éléments textuels et le dessin qu'ils forment.

Langue

6. Y a-t-il habituellement un lien entre la forme sonore ou graphique d'un mot (le signifiant) et le sens qu'il véhicule (le signifié) ? Par exemple, y a-t-il un rapport entre la combinaison de sons [wazo] et l'animal lui-même ? Comment le calligramme cherche-t-il à combler cette lacune du langage ?

Écriture

7. Composez un calligramme à partir du titre « L'Œil et la pluie ».

Pour aller plus loin

8. Cherchez d'autres calligrammes d'Apollinaire et choisissez-en un pour le présenter à votre classe.

✳ À retenir

« Et moi aussi je suis peintre », disait Apollinaire en composant ses *Calligrammes*, situés au carrefour entre l'image et le poème, entre le **visible** et le **lisible**. Aussi le calligramme invite-t-il le lecteur à la **re-création** d'un texte éclaté sur l'espace de la page. Jamais encore un poète n'avait approché d'aussi près un **langage qui ressemblerait à son message**.

Jules Supervielle
(1884-1960)

Jules Supervielle naît à Montevideo en Uruguay, où ses parents ont créé une banque. Ces derniers meurent alors qu'il n'a pas un an ; son oncle et sa tante l'élèvent comme leur propre fils. Il partage toute sa vie entre Paris et l'Uruguay où il fait de fréquents séjours, pour se marier ou pour laisser passer la Seconde Guerre mondiale. Ami de Gide, de Valéry, et surtout d'Henri Michaux, il se tient en revanche à l'écart des surréalistes. Il compose des recueils attentifs au monde environnant.

Le Matin du monde

À Victor Llona[1]

Alentour naissaient mille bruits
Mais si pleins encor de silence
Que l'oreille croyait ouïr
Le chant de sa propre innocence.

5 Tout vivait en se regardant,
Miroir était le voisinage
Où chaque chose allait rêvant
À l'éclosion[2] de son âge.

Les palmiers trouvant une forme
10 Où balancer leur plaisir pur
Appelaient de loin les oiseaux
Pour leur montrer des dentelures[3].

---

1. **Victor Llona :** romancier et traducteur (1886-1953) né au Pérou.
2. **Éclosion :** fait de sortir de l'œuf.
3. **Dentelures :** découpes en forme de dents.

Un cheval blanc découvrait l'homme
Qui s'avançait à petit bruit,
15   Avec la Terre autour de lui
Tournant pour son cœur astrologue.

Le cheval bougeait les naseaux
Puis hennissait comme en plein ciel
Et tout entouré d'irréel
20   S'abandonnait à son galop.

Dans la rue, des enfants, des femmes,
À de beaux nuages pareils,
S'assemblaient pour chercher leur âme
Et passaient de l'ombre au soleil.

25   Mille coqs traçaient de leurs chants
Les frontières de la campagne
Mais les vagues de l'océan
Hésitaient entre vingt rivages.

L'heure était si riche en rameurs,
30   En nageuses phosphorescentes[1]
Que les étoiles oublièrent
Leurs reflets dans les eaux parlantes.

Gravitations, © Éditions Gallimard, 1925.

---

1. **Phosphorescentes :** qui brillent dans l'obscurité.

Saint-John Perse
(1887-1975)

Alexis Leger, dit Saint-John Perse, naît à la Guadeloupe. Il rejoint la France en 1899, étudie à Pau, puis à Bordeaux où il rencontre Jammes qui le présente à Claudel. Il publie son premier recueil, *Éloges*, en 1911. Il entame une carrière diplomatique à Pékin puis en France au ministère des Affaires étrangères. En 1940, écarté par le gouvernement de Vichy, il s'exile aux États-Unis. Son œuvre, dédiée à l'éloge des mystères du monde, est couronnée par le prix Nobel de littérature en 1960.

C'étaient de très grands vents sur toutes faces de ce monde,
De très grands vents en liesse[1] par le monde, qui n'avaient d'aire[2] ni de gîte,
Qui n'avaient garde ni mesure, et nous laissaient, hommes de paille,
En l'an de paille sur leur erre[3]... Ah ! oui, de très grands vents sur toutes faces de vivants !

Flairant la pourpre, le cilice[4], flairant l'ivoire et le tesson[5], flairant le monde entier des choses,
Et qui couraient à leur office[6] sur nos plus grands versets[7] d'athlètes, de poètes,
C'étaient de très grands vents en quête sur toutes pistes de ce monde,
Sur toutes choses périssables, sur toutes choses saisissables, parmi le monde entier des choses...

---

1. **En liesse :** déchaînés, pleins de joie.
2. **Aire :** nid.
3. **Erre :** lancée.
4. **Cilice :** chemise ou ceinture de crin que l'on porte pour se punir.
5. **Tesson :** débris de verre ou de céramique.
6. **Office :** devoir, tâche.
7. **Versets :** brefs paragraphes.

Et d'éventer l'usure et la sécheresse au cœur des hommes investis,

Voici qu'ils produisaient ce goût de paille et d'aromates, sur toutes places de nos villes,

20   Comme au soulèvement des grandes dalles publiques. Et le cœur nous levait

Aux bouches mortes des Offices. Et le dieu refluait des grands ouvrages de l'esprit.

Car tout un siècle s'ébruitait dans la sécheresse de sa paille,
25   parmi d'étranges désinences[1] : à bout de cosses[2], de siliques[3], à bout de choses frémissantes,

Comme un grand arbre sous ses hardes et ses haillons de l'autre hiver, portant livrée de l'année morte ;

Comme un grand arbre tressaillant dans ses crécelles[4] de
30   bois mort et ses corolles de terre cuite –

Très grand arbre mendiant qui a fripé son patrimoine, face brûlée d'amour et de violence où le désir encore va chanter.

« Ô toi, désir, qui vas chanter… » Et ne voilà-t-il pas déjà toute ma page elle-même bruissante,
35   Comme ce grand arbre de magie sous sa pouillerie d'hiver : vain de son lot d'icônes[5], de fétiches,

Berçant dépouilles et spectres de locustes[6] ; léguant, liant au vent du ciel filiales d'ailes et d'essaims, lais[7] et relais du plus haut verbe –

40   Ha ! très grand arbre du langage peuplé d'oracles, de maximes[8] et murmurant murmure d'aveugle-né dans les quinconces[9] du savoir…

Vents, I, extrait, © Éditions Gallimard, 1946.

---

1. **Désinences :** terminaisons.
2. **Cosses :** enveloppes (de graines).
3. **Siliques :** fruits secs.
4. **Crécelle :** instrument de bois qui produit un bruit sec.
5. **Icônes :** images sacrées.
6. **Locustes :** sauterelles.
7. **Lais :** brefs poèmes narratifs.
8. **Maximes :** règles morales.
9. **Quinconces :** plantations d'arbres disposés en échiquier.

Blaise Cendrars
(1887-1961)

Frédéric Sauser, dit Blaise Cendrars, naît en Suisse et ne tiendra jamais en place. Il a déjà parcouru le monde lorsqu'il se fixe pour un temps dans le mythique Montmartre des années 1910 où il côtoie Apollinaire, Max Jacob, Modigliani... Après la Grande Guerre au cours de laquelle il perd un bras, il migre des territoires poétiques vers ceux du roman et du cinéma. L'œuvre de ce poète bourlingueur est marquée par les thèmes du départ et de l'ailleurs, assortis d'une grande modernité formelle.

Tu es plus belle que le ciel et la mer

Quand tu aimes il faut partir
Quitte ta femme quitte ton enfant
Quitte ton ami quitte ton amie
Quitte ton amante quitte ton amant
5 Quand tu aimes il faut partir

Le monde est plein de nègres et de négresses[1]
Des femmes des hommes des hommes des femmes
Regarde les beaux magasins
Ce fiacre[2] cet homme cette femme ce fiacre
10 Et toutes les belles marchandises

Il y a l'air il y a le vent
Les montagnes l'eau le ciel la terre
Les enfants les animaux
Les plantes et le charbon de terre

---

1. **Nègres, négresses :** hommes et femmes noir(e)s, sans connotation péjorative. Cendrars s'intéressa à la littérature africaine et publia en 1921 une *Anthologie nègre*.
2. **Fiacre :** véhicule de louage, à cheval. Ancêtre du taxi.

15 Apprends à vendre à acheter à revendre
Donne prends donne prends
Quand tu aimes il faut savoir
Chanter courir manger boire
Siffler
20 Et apprendre à travailler

Quand tu aimes il faut partir
Ne larmoie pas en souriant
Ne te niche[1] pas entre deux seins
Respire marche pars va-t'en

25 Je prends mon bain et je regarde
Je vois la bouche que je connais La
La main la jambe Le[2] l'œil
Je prends mon bain et je regarde

Le monde entier est toujours là
30 La vie pleine de choses surprenantes
Je sors de la pharmacie
Je descends juste de la bascule[3]
Je pèse mes 80 kilos
Je t'aime

Feuilles de route (1924), in *Poésies complètes*.
© Éditions Denoël, 1947, 1963, 2001, 2005 et © Miriam Cendrars, 1961.

---

1. **Niche :** refuge.
2. **Le :** il ne s'agit pas d'une coquille. Le nom que cet article défini accompagne est escamoté. Peut-être s'agit-il du bras perdu du poète.
3. **Bascule :** balance.

Paul Éluard
(1895-1952)

Eugène Grindel, dit Paul Éluard, est l'un des grands poètes du surréalisme. Il participe au mouvement dada avant de suivre son ami André Breton dans la formulation de la doctrine surréaliste et l'adhésion au Parti communiste. Grand poète de l'amour, Éluard immortalise les femmes de sa vie (Gala qui le quitte pour Dalí en 1929, Nusch qui meurt en 1946, puis Dominique). Dès 1936, le poète s'engage contre le fascisme puis devient une figure importante de la Résistance. Une crise cardiaque l'emporte dans sa cinquante-septième année.

La terre est bleue comme une orange
Jamais une erreur les mots ne mentent pas
Ils ne vous donnent plus à chanter
Au tour des baisers de s'entendre
5   Les fous et les amours
Elle sa bouche d'alliance
Tous les secrets tous les sourires
Et quels vêtements d'indulgence[1]
À la croire toute nue.

10 Les guêpes fleurissent vert[2]
L'aube se passe autour du cou
Un collier de fenêtres
Des ailes couvrent les feuilles
Tu as toutes les joies solaires
15 Tout le soleil sur la terre
Sur les chemins de ta beauté.

L'Amour la poésie, © Éditions Gallimard, 1929.

---

1. **Indulgence :** bonté, facilité à pardonner.
2. **Vert :** (adverbe) vertement.

André Breton
(1896-1966)

André Breton est le père fondateur et le grand théoricien du surréalisme. Ses études de médecine et ses contributions en psychiatrie sont pour lui l'occasion de découvrir les travaux de Sigmund Freud sur l'inconscient. Entouré d'Éluard, mais aussi d'Aragon et de Philippe Soupault, il publie en 1924 le premier *Manifeste du surréalisme*, dans lequel il définit sa poétique comme une dictée de la pensée inconsciente, sans qu'interviennent la raison, le souci de la beauté ou la morale.

L'Union libre

Ma femme à la chevelure de feu de bois
Aux pensées d'éclairs de chaleur
À la taille de sablier
Ma femme à la taille de loutre[1] entre les dents du tigre
5   Ma femme à la bouche de cocarde[2] et de bouquet d'étoiles de dernière grandeur
Aux dents d'empreintes de souris blanche sur la terre blanche
À la langue d'ambre et de verre frottés
10   Ma femme à la langue d'hostie[3] poignardée
À la langue de poupée qui ouvre et ferme les yeux
À la langue de pierre incroyable
Ma femme aux cils de bâtons d'écriture d'enfant
Aux sourcils de bord de nid d'hirondelle
15   Ma femme aux tempes d'ardoise de toit de serre
Et de buée aux vitres

---

1. **Loutre :** petit mammifère carnivore.
2. **Cocarde :** rosace de ruban décorative.
3. **Hostie :** lamelle de pain azyme (sans levain) consacrée et offerte par le prêtre lors de la communion.

Ma femme aux épaules de champagne
Et de fontaine à têtes de dauphins sous la glace
Ma femme aux poignets d'allumettes
20 Ma femme aux doigts de hasard et d'as de cœur
Aux doigts de foin coupé
Ma femme aux aisselles de martre[1] et de fênes[2]
De nuit de la Saint-Jean
De troène[3] et de nid de scalares[4]
25 Aux bras d'écume de mer et d'écluse[5]
Et de mélange du blé et du moulin
Ma femme aux jambes de fusée
Aux mouvements d'horlogerie et de désespoir
Ma femme aux mollets de moelle de sureau[6]
30 Ma femme aux pieds d'initiales
Aux pieds de trousseaux de clés aux pieds de calfats[7] qui
boivent
Ma femme au cou d'orge imperlé[8]
Ma femme à la gorge de Val d'or
35 De rendez-vous dans le lit même du torrent
Aux seins de nuit
Ma femme aux seins de taupinière[9] marine
Ma femme aux seins de creuset[10] du rubis
Aux seins de spectre de la rose sous la rosée
40 Ma femme au ventre de dépliement d'éventail des jours
Au ventre de griffe géante
Ma femme au dos d'oiseau qui fuit vertical
Au dos de vif-argent[11]

---

1. **Martre :** mammifère carnivore dont la fourrure est recherchée.
2. **Fênes :** fruits du hêtre.
3. **Troène :** arbuste souvent utilisé en haie.
4. **Scalares :** nom scientifique des scalaires, poissons d'eau douce.
5. **Écluse :** système de retenue d'eau qui permet le passage de bateaux sur un canal.
6. **Sureau :** arbuste.
7. **Calfat :** ouvrier chargé de goudronner la coque d'un navire pour la rendre étanche.
8. **Imperlé :** néologisme formé à partir de l'expression « orge perlé », qui désigne des grains d'orge dont on a enlevé l'enveloppe.
9. **Taupinière :** petit monticule de terre formé par une taupe.
10. **Creuset :** récipient qui sert à faire fondre une substance.
11. **Vif-argent :** ancien nom du mercure.

Au dos de lumière
45   À la nuque de pierre roulée et de craie mouillée
Et de chute d'un verre dans lequel on vient de boire
Ma femme aux hanches de nacelle[1]
Aux hanches de lustre et de pennes[2] de flèche
Et de tiges de plumes de paon blanc
50   De balance insensible
Ma femme aux fesses de grès[3] et d'amiante[4]
Ma femme aux fesses de dos de cygne
Ma femme aux fesses de printemps
Au sexe de glaïeul
55   Ma femme au sexe de placer[5] et d'ornithorynque[6]
Ma femme au sexe d'algue et de bonbons anciens
Ma femme au sexe de miroir
Ma femme aux yeux pleins de larmes
Aux yeux de panoplie[7] violette et d'aiguille aimantée
60   Ma femme aux yeux de savane
Ma femme aux yeux d'eau pour boire en prison
Ma femme aux yeux de bois toujours sous la hache
Aux yeux de niveau d'eau de niveau d'air de terre et de feu

Clair de terre, © Éditions Gallimard, 1923.

---

1. **Nacelle :** barque sans voile.
2. **Pennes :** plumes.
3. **Grès :** pierre sablonneuse.
4. **Amiante :** substance minérale fibreuse.
5. **Placer :** gisement d'or.
6. **Ornithorynque :** mammifère semi-aquatique d'Océanie.
7. **Panoplie :** ensemble d'armes disposées sur un panneau ornemental.

Louis Aragon
(1897-1982)

C'est lors de ses études de médecine que Louis Aragon rencontre André Breton, en 1917. L'aventure surréaliste les liera jusqu'à ce qu'Aragon, par fidélité au Parti communiste soviétique, renie le surréalisme. L'année 1932 marque la rupture. Entre-temps, Aragon a rencontré Elsa Triolet qui lui inspire ses grands poèmes d'amour. La guerre venue, il entre en clandestinité et, par ses vers, appelle inlassablement à la résistance. Il reste fidèle au Parti communiste jusqu'à la fin de sa vie.

La Rose et le réséda[1]

À Gabriel Péri et d'Estienne d'Orves comme à Guy Môquet et Gilbert Dru[2]

Celui qui croyait au ciel[3]
Celui qui n'y croyait pas[4]
Tous deux adoraient la belle
Prisonnière des soldats[5]
5   Lequel montait à l'échelle
Et lequel guettait en bas
Celui qui croyait au ciel

---

1. **La Rose et le réséda :** la première, rouge, symbolise le communisme ; le second, plante aux fleurs blanchâtres (ou jaunâtres), symbolise le catholicisme.
2. **Gabriel Péri, d'Estienne d'Orves, Guy Môquet, Gilbert Dru :** Gabriel Péri (1902-1941), Honoré d'Estienne d'Orves (1901-1941), Guy Môquet (1924-1941) et Gilbert Dru (1920-1944) sont tous des martyrs de la Résistance fusillés par la Gestapo.
3. **Celui qui croyait au ciel :** d'Estienne d'Orves et Dru étaient des résistants chrétiens.
4. **Celui qui n'y croyait pas :** Péri et Môquet étaient des résistants communistes et, de fait, athées.
5. **La belle / Prisonnière des soldats :** la France occupée par les Allemands.

Celui qui n'y croyait pas
Qu'importe comment s'appelle
10   Cette clarté sur leurs pas
Que l'un fût de la chapelle
Et l'autre s'y dérobât
Celui qui croyait au ciel
Celui qui n'y croyait pas
15   Tous les deux étaient fidèles
Des lèvres du cœur des bras
Et tous les deux disaient qu'elle
Vive et qui vivra verra
Celui qui croyait au ciel
20   Celui qui n'y croyait pas
Quand les blés sont sous la grêle
Fou qui fait le délicat
Fou qui songe à ses querelles
Au cœur du commun combat
25   Celui qui croyait au ciel
Celui qui n'y croyait pas
Du haut de la citadelle
La sentinelle tira
Par deux fois et l'un chancelle
30   L'autre tombe qui mourra
Celui qui croyait au ciel
Celui qui n'y croyait pas
Ils sont en prison Lequel
A le plus triste grabat[1]
35   Lequel plus que l'autre gèle
Lequel préfèrent les rats
Celui qui croyait au ciel
Celui qui n'y croyait pas
Un rebelle est un rebelle
40   Nos sanglots font un seul glas[2]
Et quand vient l'aube cruelle
Passent de vie à trépas
Celui qui croyait au ciel

---

1. **Grabat :** mauvais lit.
2. **Glas :** cloche que l'on fait tinter pour annoncer une mort.

Celui qui n'y croyait pas
45 Répétant le nom de celle
Qu'aucun des deux ne trompa
Et leur sang rouge ruisselle
Même couleur même éclat
Celui qui croyait au ciel
50 Celui qui n'y croyait pas
Il coule il coule et se mêle
À la terre qu'il aima
Pour qu'à la saison nouvelle
Mûrisse un raisin muscat[1]
55 Celui qui croyait au ciel
Celui qui n'y croyait pas
L'un court et l'autre a des ailes
De Bretagne ou du Jura
Et framboise ou mirabelle
60 Le grillon rechantera
Dites flûte ou violoncelle
Le double amour qui brûla
L'alouette et l'hirondelle
La rose et le réséda

La Diane française, 1945.
© Éditions Seghers, 2006.

---

1. **Muscat :** variété de raisin, à l'odeur de musc.

Clefs d'analyse

Genre ou thèmes

1. Dans quel contexte historique ce poème fut-il composé ?
2. Quelle est la relation entre la dédicace et les personnages des v. 1-2 ?
3. V. 3-4 et 45-46 : que désignent ces périphrases ?
4. V. 1-18 : en quoi les deux hommes sont-ils différents ? Qu'ont-ils en commun ? Ont-ils une identité précise ? Quel est l'effet produit ?
5. Quel est le destin des deux personnages ? Reconstituez les événements, puis relevez les champs lexicaux de la guerre et de la mort.
6. Par quels procédés les deux personnages sont-ils associés l'un à l'autre ?
7. V. 47-64 : quel sacrifice ont-ils accompli ? Qu'ont-ils apporté à l'humanité (v. 47-54 et 60) ?
8. V. 21-24 : quel est le sens de ces quatre vers ?
9. Pourquoi peut-on parler de poème engagé ?

Langue

10. Recherchez dans la langue des synonymes du mot « réconciliation ».
11. V. 21-24 : étudiez l'allitération dominante. Qu'exprime-t-elle, en accord avec le sens ?

Pour aller plus loin

12. Cherchez des textes engagés dans la chanson contemporaine. Choisissez une chanson, identifiez quelle cause elle défend ou ce qu'elle dénonce, et présentez-la à votre classe.

✳ À retenir

Aragon fut l'un des grands poètes de la **Résistance**. Dans « La Rose et le réséda », il rend hommage – lui le communiste – à tous les résistants, qui laissèrent de côté leurs divergences politiques et religieuses pour s'**unir** contre la barbarie nazie. Tous, qu'ils fussent **catholiques** ou **communistes athées**, risquèrent leur vie par **amour** pour la France.

Clefs d'analyse

*

Il n'y a pas d'amour heureux

Rien n'est jamais acquis à l'homme Ni sa force
Ni sa faiblesse ni son cœur Et quand il croit
Ouvrir ses bras son ombre est celle d'une croix
Et quand il croit serrer son bonheur il le broie
5 Sa vie est un étrange et douloureux divorce
Il n'y a pas d'amour heureux

Sa vie Elle ressemble à ces soldats sans armes
Qu'on avait habillés pour un autre destin
À quoi peut leur servir de se lever matin[1]
10 Eux qu'on retrouve au soir désœuvrés[2] incertains
Dites ces mots Ma vie Et retenez vos larmes
Il n'y a pas d'amour heureux

Mon bel amour mon cher amour ma déchirure
Je te porte dans moi comme un oiseau blessé
15 Et ceux-là sans savoir nous regardent passer
Répétant après moi les mots que j'ai tressés
Et qui pour tes grands yeux tout aussitôt moururent
Il n'y a pas d'amour heureux

Le temps d'apprendre à vivre il est déjà trop tard
20 Que pleurent dans la nuit nos cœurs à l'unisson[3]
Ce qu'il faut de malheur pour la moindre chanson
Ce qu'il faut de regrets pour payer un frisson
Ce qu'il faut de sanglots pour un air de guitare
Il n'y a pas d'amour heureux

---

1. **Matin :** (emploi adverbial) tôt.
2. **Désœuvrés :** sans occupation, sans mission.
3. **À l'unisson :** d'une seule voix.

25 Il n'y a pas d'amour qui ne soit à douleur
Il n'y a pas d'amour dont on ne soit meurtri[1]
Il n'y a pas d'amour dont on ne soit flétri[2]
Et pas plus que de toi l'amour de la patrie
Il n'y a pas d'amour qui ne vive de pleurs

30 Il n'y a pas d'amour heureux
Mais c'est notre amour à tous deux

La Diane française, 1945.
© Éditions Seghers, 2006.

---

1. **Meurtri :** blessé.
2. **Flétri :** abîmé.

Francis Ponge
(1899-1988)

Francis Ponge publie son premier recueil, *Le Parti pris des choses*, en 1942, après avoir travaillé dans l'édition, côtoyé les surréalistes et s'être engagé dans la Résistance. Si ses poèmes sur le cageot, l'huître ou le savon semblent d'abord déroutants de simplicité, ils témoignent en réalité d'une profonde réflexion sur l'arbitraire du langage. Aucun mot n'est laissé au hasard : chacun est choisi pour ressembler à l'objet décrit par sa forme sonore ou graphique, et pour en célébrer la poésie.

Le Cageot

À mi-chemin de la cage au cachot la langue française a cageot, simple caissette à claire-voie[1] vouée au transport de ces fruits qui de la moindre suffocation[2] font à coup sûr une maladie.

5 Agencé de façon qu'au terme de son usage il puisse être brisé sans effort, il ne sert pas deux fois. Ainsi dure-t-il moins encore que les denrées[3] fondantes ou nuageuses qu'il enferme.

À tous les coins de rues qui aboutissent aux halles, il luit alors de l'éclat sans vanité[4] du bois blanc. Tout neuf encore, et légèrement ahuri[5] d'être dans une pose maladroite à la
10 voirie[6] jeté sans retour, cet objet est en somme des plus sympathiques, – sur le sort duquel il convient toutefois de ne s'appesantir[7] longuement.

Le Parti pris des choses, © Éditions Gallimard, 1942.

---

1. **À claire-voie :** qui laisse passer l'air et la lumière.
2. **Suffocation :** étouffement, asphyxie.
3. **Denrées :** aliments.
4. **Vanité :** prétention, orgueil.
5. **Ahuri :** stupéfait.
6. **Voirie :** voie publique.
7. **S'appesantir :** s'attarder, mais aussi peser.

Clefs d'analyse

Genre ou thèmes

1. Observez la disposition des mots sur la page. De quel type de poème s'agit-il ?
2. À quel genre d'écrit le titre vous fait-il penser ?
3. Le cageot, en tant qu'objet, vous semble-t-il poétique au premier abord ? Quelle définition le dictionnaire en donne-t-il ?
4. Expliquez pourquoi, par sa forme et par son sens, le mot « cageot » est « à mi-chemin de la cage au cachot ».
5. Relevez toutes les expressions qui traduisent l'insignifiance du cageot, puis celles qui traduisent son caractère éphémère.
6. Étudiez la personnification du cageot. Quel est l'effet produit ?
7. Cherchez l'étymologie de l'adjectif « sympathique ». Expliquez son double sens ici.
8. Expliquez le jeu de mots contenu dans le verbe « s'appesantir ». Comment la dernière phrase permet-elle de clore le poème ?
9. Comment comprenez-vous le titre *Le Parti pris des choses* ?

Langue

10. Quelles assonances parcourent tout le poème ? Relevez également les allitérations en [k] et en [ʒ]. Justifiez leur présence.

Écriture

11. À votre tour, choisissez un objet du quotidien, de préférence insignifiant et bassement utilitaire, puis composez un poème en prose pour le mettre en valeur. Efforcez-vous de créer des affinités entre les mots choisis et la chose évoquée.

✳ À retenir

Comme nombre de poètes modernes, Francis Ponge se désespère de l'**inadéquation** des **mots** avec les **choses**. En remplaçant l'objet prosaïque du quotidien par une formule en prose qui lui soit **ressemblante**, le poète recrée le lien entre chose et mot. Aussi chaque poème du *Parti pris des choses* est-il une **métaphore du langage**.

Henri Michaux
(1899-1984)

Né à Namur en Belgique, Henri Michaux cherche quelque temps sa voie (médecin, matelot) avant de rencontrer la poésie puis la peinture. Il fait de Paris son port d'attache tout en voyageant sur tous les continents. Son œuvre, souvent humoristique, est empreinte d'une angoisse et d'une vulnérabilité profondes face au monde extérieur ressenti comme hostile. Le seul salut pour le poète est le langage, qu'il maltraite et réinvente pour, dit-il, se « parcourir » et exorciser son mal d'homme.

Le Grand Combat

À R.-M. Hermant

Il l'emparouille[1] et l'endosque contre terre ;
Il le rague et le roupète jusqu'à son drâle ;
Il le pratèle et le libucque et lui barufle les ouillais ;
Il le tocarde et le marmine,
5   Le manage rape à ri et ripe à ra.
Enfin il l'écorcobalisse.

L'autre hésite, s'espudrine, se défaisse, se torse et se ruine.
C'en sera bientôt fini de lui ;
Il se reprise et s'emmargine… mais en vain

10   Le cerceau tombe qui a tant roulé.
Abrah ! Abrah ! Abrah !
Le pied a failli !
Le bras a cassé !
Le sang a coulé !

---

1. **Emparouille :** ce mot, comme beaucoup de mots du poème, est un néologisme.

15 Fouille, fouille, fouille,
Dans la marmite de son ventre est un grand secret
Mégères alentour qui pleurez dans vos mouchoirs ;
On s'étonne, on s'étonne, on s'étonne
Et on vous regarde
20 On cherche aussi, nous autres, le Grand Secret.

L'Espace du dedans, © Éditions Gallimard, 1944.

Clefs d'analyse

Genre ou thèmes

1. Que raconte ce poème ? Comment sont désignés les personnages (v. 1-10) ?
2. Relevez tous les néologismes du poème. Peut-on les définir précisément ?
3. Quels néologismes rappellent des mots connus ?
4. Quelle est la classe grammaticale de la plupart des néologismes de la première strophe ? Quel indice vous permet de répondre ?
5. Quels nouveaux personnages apparaissent dans les v. 17-20 ?
6. Quelle métaphore désigne les entrailles du vaincu ?
7. Quelle partie vous semble la plus obscure : les v. 1-11, où sont concentrés les néologismes, ou les v. 12-20 ? Qu'en déduisez-vous sur le pouvoir des mots ?
8. À votre avis, qu'est-ce que ce « Grand Secret » du v. 20 ? Quelle dimension les majuscules lui confèrent-elles ? Vous pouvez formuler plusieurs hypothèses en les justifiant.

Langue

9. Quelles sonorités traduisent la violence du combat ?
10. Quels préfixes et suffixes reconnaissez-vous dans les néologismes ? Trouvez pour chaque affixe d'autres mots connus formés de la même façon.

Écriture

11. Composez un poème à partir de néologismes verbaux aux sonorités évocatrices en choisissant l'un des titres suivants : « Le Gros Chagrin », « Le Grand Ménage », « La Grande Ripaille », « Le Grand Bain ».

✳ À retenir

Dans « Le Grand Combat », Henri Michaux illustre le **paradoxe** du langage. Dans la confusion des néologismes aux sonorités évocatrices, le lecteur perçoit nettement le récit d'un combat violent. Mais que les néologismes laissent place à des mots connus, et le lecteur se bat avec le « Grand Secret » du poème.

Robert Desnos
(1900-1945)

Né à Paris, Robert Desnos rejoint les sur-réalistes en 1922 – Breton dit de lui qu'« il parle surréaliste à volonté », tant il excelle dans l'écriture automatique sous hypnose. En 1929, il rompt avec le mouvement, devenu trop dogmatique pour ce poète épris de liberté. Il s'intéresse au cinéma, à la radio, au journalisme. Entré dans la Résistance, il est arrêté par la Gestapo en février 1944 et déporté dans les camps de la mort. Fantôme parmi les fantômes, il meurt du typhus au camp de Terezín.

À Benjamin Péret [1]

Notre paire [2] quiète [3], ô yeux !
que votre « non » soit sang (t'y fier ?)
que votre araignée rie,
que votre vol honteux soit fête (au fait)
5 sur la terre (commotion [4]).

Donnez-nous, aux joues réduites,
notre pain quotidien.
Part, donnez-nous, de nos œufs foncés
comme nous part donnons
10 à ceux qui nous ont offensés.
Nounou laissez-nous succomber à la tentation
et d'aile ivrez [5]-nous du mal.

Corps et biens, © Éditions Gallimard, 1930.

---

1. **Benjamin Péret :** écrivain et poète surréaliste (1899-1959).
2. **Notre paire :** tout le poème est une réécriture du « Notre Père » : « Notre Père qui êtes aux cieux / Que votre nom soit sanctifié / Que votre règne arrive / Que votre volonté soit faite sur la terre comme au ciel / Donnez-nous aujourd'hui notre pain quotidien / Pardonnez-nous nos offenses, comme nous pardonnons à ceux qui nous ont offensés / Ne nous laissez pas succomber à la tentation / Mais délivrez-nous du mal / Ainsi soit-il / Amen. »
3. **Quiète :** tranquille.
4. **Commotion :** choc, secousse.
5. **Ivrez :** invention verbale formée sur le radical « ivre ».

Jacques Prévert
(1900-1977)

Prévert côtoie un temps la sphère surréaliste ainsi que le groupe Octobre, qui milite pour un théâtre populaire. À partir des années 1930, il se fait connaître comme scénariste et dialoguiste de films devenus incontournables dans notre patrimoine : *Le Quai des brumes, Les Visiteurs du soir, Les Enfants du Paradis* de Marcel Carné ou *Le Roi et l'Oiseau* de Paul Grimault. Son œuvre poétique, dont le recueil *Paroles* est emblématique, est marquée par l'humour et la gourmandise des mots.

Pour faire le portrait d'un oiseau

À Elsa Henriquez [1]

Peindre d'abord une cage
avec une porte ouverte
peindre ensuite
quelque chose de joli
5   quelque chose de simple
quelque chose de beau
quelque chose d'utile
pour l'oiseau
placer ensuite la toile contre un arbre
10   dans un jardin
dans un bois
ou dans une forêt
se cacher derrière l'arbre
sans rien dire
15   sans bouger…

---

1. **Elsa Henriquez :** femme du photographe Émile Savitry, ami de Prévert. Elle illustra notamment les *Contes pour enfants pas sages* (1947) du poète.

Parfois l'oiseau arrive vite
mais il peut aussi mettre de longues années
avant de se décider
Ne pas se décourager
20 attendre
attendre s'il le faut pendant des années
la vitesse ou la lenteur de l'arrivée de l'oiseau
n'ayant aucun rapport
avec la réussite du tableau
25 Quand l'oiseau arrive
s'il arrive
observer le plus profond silence
attendre que l'oiseau entre dans la cage
et quand il est entré
30 fermer doucement la porte avec le pinceau
puis
effacer un à un tous les barreaux
en ayant soin de ne toucher aucune des plumes de l'oiseau
Faire ensuite le portrait de l'arbre
35 en choisissant la plus belle de ses branches
pour l'oiseau
peindre aussi le vert feuillage et la fraîcheur du vent
la poussière du soleil
et le bruit des bêtes de l'herbe dans la chaleur de l'été
40 et puis attendre que l'oiseau se décide à chanter
Si l'oiseau ne chante pas
c'est mauvais signe
signe que le tableau est mauvais
mais s'il chante c'est bon signe
45 signe que vous pouvez signer
Alors vous arrachez tout doucement
une des plumes de l'oiseau
et vous écrivez votre nom dans un coin du tableau[1].

Paroles, © Éditions Gallimard, 1946.

---

1. Voir l'étude consacrée à ce poème, pages 249 à 251.

*

Les Feuilles mortes[1]

Oh je voudrais tant que tu te souviennes
Des jours heureux où nous étions amis
En ce temps-là la vie était plus belle
Et le soleil plus brûlant qu'aujourd'hui
5   Les feuilles mortes se ramassent à la pelle
Tu vois je n'ai pas oublié
Les feuilles mortes se ramassent à la pelle
Les souvenirs et les regrets aussi
Et le vent du nord les emporte
10   Dans la nuit froide de l'oubli
Tu vois je n'ai pas oublié
La chanson que tu me chantais *(refrain)*

Les feuilles mortes se ramassent à la pelle
Les souvenirs et les regrets aussi
15   Mais mon amour silencieux et fidèle
Sourit toujours et remercie la vie
Je t'aimais tant tu étais si jolie
Comment veux-tu que je t'oublie
En ce temps-là la vie était plus belle
20   Et le soleil plus brûlant qu'aujourd'hui
Tu étais ma plus douce amie…
Mais je n'ai que faire des regrets
Et la chanson que tu chantais
Toujours toujours je l'entendrai *(refrain)*

Refrain
25   C'est une chanson
Qui nous ressemble
Toi tu m'aimais
Et je t'aimais

---

1. Cette chanson, mise en musique par Joseph Kosma, fut écrite pour le film de Marcel Carné *Les Portes de la nuit* (1946).

Nous vivions
30 Tous les deux ensemble
Toi tu m'aimais
Moi qui t'aimais
Mais la vie sépare ceux qui s'aiment
Tout doucement sans faire de bruit
35 Et la mer efface sur le sable
Les pas des amants désunis.

D'autres chansons (publié avec la partition de Joseph Kosma).
© MCMLVII Éditions Enoch & Cie, 1947.

Clefs d'analyse

Genre ou thèmes

1. À quel genre ce texte appartient-il ? Justifiez votre réponse en relevant trois indices.
2. Observez les pronoms personnels : à qui le poète s'adresse-t-il ?
3. De quelle nature est le rapport entre la destinataire et le poète ? Justifiez votre réponse.
4. Deux époques sont évoquées dans le poème. Quels procédés les distinguent ?
5. Que symbolisent les « feuilles mortes » ? À quelle saison font-elles référence ? Quelle est l'autre saison évoquée ? Montrez que chaque saison est associée à une époque.
6. Relevez le champ lexical du souvenir et du regret.
7. Dans quels vers la tonalité élégiaque évolue-t-elle ? Quel sentiment remplace les regrets ? Quel temps verbal est alors employé ?

Langue

8. Quelle est la valeur du présent de l'indicatif aux v. 33-36 ? Qu'en déduisez-vous sur la portée du poème ?
9. V. 27-28 et 31-32 : quelle figure repérez-vous ? Quel effet produit-elle ?

Pour aller plus loin

10. Les chansons suivantes parlent des amours mortes. Trouvez l'interprète de chacune d'elles, écoutez-les et choisissez-en une en expliquant votre choix : « Ne me quitte pas », « La Chanson de Prévert », « Une Petite Fille », « Jef », « Le 22 Septembre », « Avec le temps », « Je suis venu te dire », « J'veux pas qu'tu t'en ailles », « Manu », « J'aimais mieux quand c'était toi »...

✳ À retenir

La carrière des « Feuilles mortes » est immense. Cette chanson, immortalisée par **Montand** dans *Les Portes de la nuit* de Marcel Carné, fut interprétée dans tous les styles (salsa, rock, jazz et même disco) par **Gréco**, **Aznavour**, **Dalida**, **Mitchell**, **Piaf**, **Sinatra**... Elle inspira aussi **Brassens** et **Gainsbourg**.

Léopold Sédar Senghor
(1906-2001)

Né au Sénégal, Léopold Sédar Senghor fait de brillantes études en France. À la Libération, il entame une double carrière d'homme politique et de poète. Son combat pour la décolonisation de l'Afrique le conduit à devenir le premier président de la République du Sénégal, en 1960. À travers son œuvre poétique, il réhabilite l'homme noir meurtri par des siècles d'esclavage. Senghor est, avec Aimé Césaire, l'un des grands penseurs de la négritude – la dignité noire.

Femme noire

Femme nue, femme noire
Vêtue de ta couleur qui est vie, de ta forme qui est beauté !
J'ai grandi à ton ombre ; la douceur de tes mains bandait mes yeux.

5   Et voilà qu'au cœur de l'Été et de Midi, je te découvre Terre promise, du haut d'un haut col calciné
Et ta beauté me foudroie en plein cœur, comme l'éclair d'un aigle.

Femme nue, femme obscure
10   Fruit mûr à la chair ferme, sombres extases du vin noir, bouche qui fais lyrique ma bouche
Savane[1] aux horizons purs, savane qui frémis aux caresses ferventes[2] du Vent d'Est
Tam-tam sculpté, tam-tam tendu qui grondes sous les doigts
15   du Vainqueur

---

1. **Savane :** paysage de prairie à hautes herbes des régions tropicales.
2. **Ferventes :** passionnées.

Ta voix grave de contralto[1] est le chant spirituel de l'Aimée.

Femme nue, femme obscure
Huile que ne ride nul souffle, huile calme aux flancs de l'athlète, aux flancs des princes du Mali[2]

20 Gazelle aux attaches célestes, les perles sont étoiles sur la nuit de ta peau
Délices des jeux de l'esprit, les reflets de l'or rouge sur ta peau qui se moire[3]
À l'ombre de ta chevelure, s'éclaire mon angoisse aux soleils

25 prochains de tes yeux.

Femme nue, femme noire
Je chante ta beauté qui passe, forme que je fixe dans l'Éternel,
Avant que le Destin jaloux ne te réduise en cendres pour

30 nourrir les racines de la vie.

Chants d'ombre, 1945, in *Œuvre poétique*.
© Éditions du Seuil, 1964, 1973, 1979, 1984 et 1990.

---

1. **Contralto :** en musique, la plus grave des voix de femme.
2. **Mali :** pays d'Afrique de l'Ouest. En 1945, le Mali est encore une colonie française.
3. **Qui se moire :** qui a des reflets chatoyants, changeants.

René Char (1907-1988)

Arsenal, le premier recueil que René Char publie en 1929, éveille l'attention d'Éluard qui entraîne le poète dans le groupe surréaliste. En 1930, le trio que René Char forme avec Breton et Éluard publie ***Ralentir travaux.*** Arrivent l'Occupation et l'engagement dans la Résistance, les armes à la main. Dans ses recueils d'après-guerre (***Fureur et mystère, Les Matinaux***), Char adopte le verbe dense, bref et tendu qui fait sa singularité. Albert Camus salue en lui l'égal de Rimbaud et d'Apollinaire.

L'Adolescent souffleté[1]

Les mêmes coups qui l'envoyaient au sol le lançaient en même temps loin devant sa vie, vers les futures années où, quand il saignerait, ce ne serait plus à cause de l'iniquité[2] d'un seul. Tel l'arbuste que réconfortent ses racines et qui presse
5 ses rameaux meurtris contre son fût[3] résistant, il descendait ensuite à reculons dans le mutisme[4] de ce savoir et dans son innocence. Enfin il s'échappait, s'enfuyait et devenait souverainement heureux. Il atteignait la prairie et la barrière des roseaux dont il cajolait la vase et percevait le sec frémissement.
10 Il semblait que ce que la terre avait produit de plus noble et de plus persévérant[5], l'avait, en compensation[6], adopté.

Il recommencerait ainsi jusqu'au moment où, la nécessité de rompre disparue, il se tiendrait droit et attentif parmi les hommes, à la fois plus vulnérable[7] et plus fort.

Les Matinaux, © Éditions Gallimard, 1950.

---

1. **Souffleté :** giflé.
2. **Iniquité :** injustice.
3. **Fût :** tronc.
4. **Mutisme :** silence, fait de rester muet.
5. **Persévérant :** tenace, obstiné.
6. **Compensation :** réparation, contrepartie.
7. **Vulnérable :** fragile.

Aimé Césaire
(1913-2008)

Aimé Césaire naît à la Martinique. Venu faire de très brillantes études à Paris, il rencontre Senghor et lance la réflexion sur la négritude. Il s'agit, d'une part, de retrouver et d'assumer l'identité africaine de l'homme noir colonisé, d'autre part de revaloriser la culture africaine dépréciée par le colonialisme. Le chef-d'œuvre que Césaire publie en 1939, *Cahier d'un retour au pays natal*, est le cri de cette révolte culturelle. Toute sa vie, Césaire associe l'action politique et la poésie.

Et moi, et moi,
moi qui chantais le poing dur
Il faut savoir jusqu'où je poussai la lâcheté.
Un soir dans un tramway en face de moi, un nègre.

5   C'était un nègre grand comme un pongo[1] qui essayait de se
faire tout petit sur un banc de tramway. Il essayait d'abandonner sur ce banc crasseux de tramway ses jambes gigan-
tesques et ses mains tremblantes de boxeur affamé. Et tout
l'avait laissé, le laissait. Son nez qui semblait une péninsule
10 en dérade[2] et sa négritude même qui se décolorait sous
l'action d'une inlassable mégie[3]. Et le mégissier[4] était la
Misère. Un gros oreillard[5] subit dont les coups de griffes
sur ce visage s'étaient cicatrisés en îlots scabieux[6]. Ou plutôt, c'était un ouvrier infatigable, la Misère travaillant à
15 quelque cartouche[7] hideux. On voyait très bien comment le

1. **Pongo :** grand singe.
2. **En dérade :** prise dans une tempête.
3. **Mégie :** action de blanchir les peaux.
4. **Mégissier :** celui qui blanchit les peaux en en ôtant les poils.
5. **Oreillard :** chauve-souris aux longues oreilles.
6. **Scabieux :** galeux.
7. **Cartouche :** inscription sculptée servant d'ornement.

pouce industrieux[1] et malveillant avait modelé le front en bosse, percé le nez de deux tunnels parallèles et inquiétants, allongé la démesure de la lippe[2], et par un chef-d'œuvre caricatural, raboté, poli, verni la plus minuscule mignonne petite
20   oreille de la création.

C'était un nègre dégingandé[3] sans rythme ni mesure.

Un nègre dont les yeux roulaient une lassitude sanguinolente.

Un nègre sans pudeur et ses orteils ricanaient de façon assez
25   puante au fond de la tanière entrebâillée de ses souliers.

La misère, on ne pouvait pas dire, s'était donné un mal fou pour l'achever.

Elle avait creusé l'orbite[4], l'avait fardé[5] d'un fard de poussière et de chassie[6] mêlées.

30   Elle avait tendu l'espace vide entre l'accrochement solide des mâchoires et les pommettes d'une vieille joue décatie[7]. Elle avait planté dessus les petits pieux luisants d'une barbe de plusieurs jours. Elle avait affolé le cœur, voûté le dos.

Et l'ensemble faisait parfaitement un nègre hideux, un nègre
35   grognon, un nègre mélancolique, un nègre affalé, ses mains réunies en prière sur un bâton noueux. Un nègre enseveli dans une vieille veste élimée. Un nègre comique et laid et des femmes derrière moi ricanaient en le regardant.

       Il était COMIQUE ET LAID,
40   COMIQUE ET LAID pour sûr.

       J'arborai un grand sourire complice...

       Ma lâcheté retrouvée !

Je salue les trois siècles qui soutiennent mes droits civiques et mon sang minimisé.

45   Mon héroïsme, quelle farce !

Cette ville est à ma taille.

---

1. **Industrieux :** adroit.
2. **Lippe :** lèvres.
3. **Dégingandé :** désarticulé.
4. **Orbite :** cavité de l'œil.
5. **Fardé :** maquillé.
6. **Chassie :** substance jaunâtre sécrétée par l'œil.
7. **Décatie :** fripée, flétrie.

Et mon âme est couchée. Comme cette ville dans la crasse et dans la boue couchée.

Cahier d'un retour au pays natal, extrait, 1939.
© Présence Africaine Éditions, 1956.

Clefs d'analyse

Genre ou thèmes

1. En quoi les v. 2-3 sont-ils contradictoires ?
2. V. 4 à ligne 40 : de qui le poète fait-il le portrait ?
   Dans ce portrait, relevez sous forme de tableau les champs lexicaux de la difformité, de la laideur, de la saleté, de la pauvreté, de la fatigue physique et morale.
3. Quelles expressions montrent que l'homme a honte de sa négritude ?
4. Étudiez l'allégorie de la misère, qui a abîmé cet homme. Appuyez-vous sur les images, la typographie, les verbes d'action.
5. À quel poème, étudié dans ce recueil, Césaire emprunte-t-il les adjectifs « comique et laid » ? Quels liens pouvez-vous faire avec ce poème ?
6. Ligne 38 : quelle réaction l'homme suscite-t-il dans la rame du tramway ? À qui le poète adresse-t-il un « grand sourire complice » ? Que cherche-t-il à nier par ce geste de complicité ?
7. Lignes 41 à 46 : quel reproche le poète s'adresse-t-il ? Citez au moins trois expressions. En quoi aurait consisté l'héroïsme ?

Langue

8. Relevez tous les adjectifs qualificatifs épithètes, les compléments du nom et les propositions subordonnées relatives. Précisez quels noms ils complètent. Pourquoi ces expansions du nom sont-elles nombreuses ?

Pour aller plus loin

9. Rappelez qui est Césaire. Quels furent son combat et sa pensée ?

✳ À retenir

Dans cet extrait du *Cahier d'un retour au pays natal*, Aimé Césaire, l'une des voix majeures de la **négritude**, mesure à quel point le **colonialisme** a enraciné dans l'esprit des Noirs leur **humiliation** et leur **acculturation**. La rencontre du poète avec un Noir rongé par la misère suffit à déclencher chez lui un réflexe de **reniement** et de **désolidarisation**. Réflexe qu'il combat vigoureusement.

Histoire de la poésie

1. **Reliez les poètes suivants et le mouvement littéraire auquel ils appartiennent.**

   a. Joachim Du Bellay   ☐ le symbolisme
   b. Louise Labé   ☐ le romantisme
   c. Stéphane Mallarmé   ☐ la Pléiade
   d. André Breton   ☐ le Parnasse
   e. Leconte de Lisle   ☐ la négritude
   f. Nicolas Boileau   ☐ la préciosité
   g. Théophile de Viau   ☐ le surréalisme
   h. Vincent Voiture   ☐ le classicisme
   i. Alphonse de Lamartine   ☐ l'école lyonnaise
   j. Aimé Césaire   ☐ le baroque

2. **Indiquez à quel siècle ont vécu les vingt poètes suivants :**

   Jacques Prévert : .... – Rutebeuf : .... –
   Francis Ponge : .... – André Chénier : .... –
   Charles d'Orléans : .... – Paul Verlaine : .... –
   Marc Antoine de Saint-Amant : .... –
   François Villon : .... – Victor Hugo : .... –
   François Rabelais : .... – Jules Laforgue : .... –
   Robert Desnos : .... – Clément Marot : .... –
   Jean de La Fontaine : .... – Aimé Césaire : .... –
   Pierre de Marbeuf : .... – Maurice Scève : .... –
   Voltaire : .... – Théophile Gautier : .... –
   Paul Éluard : ....

3. **Les listes suivantes regroupent des poètes de la même période. Soulignez l'intrus qui s'est glissé dans chacune d'elles.**

   a. Voltaire – Chénier – Florian – Fabre d'Églantine – Péguy.
   b. Scève – Corbière – Agrippa d'Aubigné – Marot – Ronsard – Du Bellay.
   c. La Fontaine – Senghor – Voiture – Boileau – Pierre de Marbeuf.
   d. Christine de Pisan – Villon – Charles d'Orléans – Malherbe – Rutebeuf.
   e. Valéry – Anna de Noailles – Jammes – Char – Hugo.
   f. Labé – Verhaeren – Clément – Rimbaud – Heredia.

Des vers inoubliables

Les vers suivants sont dans toutes les mémoires. Mais qui en est l'auteur ?

1. « Je suis le Ténébreux, – le Veuf, – l'Inconsolé »
   a. Nerval   b. Banville   c. Verlaine

2. « Cueillez dès aujourd'hui les roses de la vie »
   a. Ronsard   b. Char   c. Marbeuf

3. « C'est une chanson / Qui nous ressemble / Toi tu m'aimais / Et je t'aimais »
   a. Musset   b. Senghor   c. Prévert

4. « Un seul être vous manque, et tout est dépeuplé ! »
   a. Vigny   b. Marot   c. Lamartine

5. « Mais où sont les neiges d'antan ? »
   a. Hugo   b. Villon   c. Charles d'Orléans

6. « Là, tout n'est qu'ordre et beauté, / Luxe, calme et volupté »
   a. Labé   b. Voltaire   c. Baudelaire

7. « Vienne la nuit sonne l'heure / Les jours s'en vont je demeure »
   a. Voiture   b. Césaire   c. Apollinaire

8. « La chair est triste, hélas ! et j'ai lu tous les livres »
   a. Mallarmé   b. Scève   c. Desbordes-Valmore

9. « On n'est pas sérieux quand on a dix-sept ans »
   a. Rabelais   b. Rimbaud   c. Saint-Amant

10. « Vingt fois sur le métier remettez votre ouvrage »
    a. Breton   b. Boileau   c. La Fontaine

11. « Il pleure dans mon cœur / Comme il pleut sur la ville »
    a. Char   b. Rimbaud   c. Verlaine

12. « Heureux qui, comme Ulysse, a fait un beau voyage »
    a. Du Bellay   b. Péguy   c. Clément

13. « Comme à cette fleur, la vieillesse / Fera ternir votre beauté »
    a. Cendrars   b. Ronsard   c. Leconte de Lisle

14. « Il pleut, il pleut, bergère, / Presse tes blancs moutons »
    a. Jammes   b. Toulet   c. Fabre d'Églantine

233

Les poètes

1. **Retrouvez les vingt noms de poètes cachés dans la grille ci-dessous. Ils peuvent être écrits horizontalement, verticalement, en diagonale et même... à l'envers.**
   Apollinaire – Baudelaire – Boileau – Desnos – Du Bellay – Hugo – Labé – La Fontaine – Lamartine – Mallarmé – Marot – Michaux – Nerval – Ponge – Rimbaud – Rutebeuf – Valéry – Verlaine – Villon – Voiture.

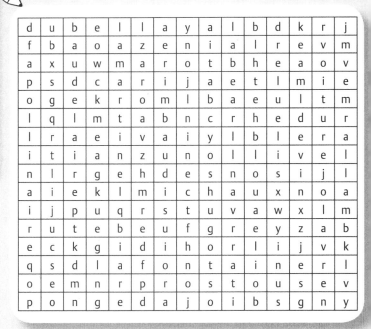

d	u	b	e	l	l	a	y	a	l	b	d	k	r	j
f	b	a	o	a	z	e	n	i	a	l	r	e	v	m
a	x	u	w	m	a	r	o	t	b	h	e	a	o	v
p	s	d	c	a	r	i	j	a	e	t	l	m	i	e
o	g	e	k	r	o	m	l	b	a	e	u	l	t	m
l	q	l	m	t	a	b	n	c	r	h	e	d	u	r
l	r	a	e	i	v	a	i	y	l	b	l	e	r	a
i	t	i	a	n	z	u	n	o	l	l	i	v	e	l
n	l	r	g	e	h	d	e	s	n	o	s	i	j	l
a	i	e	k	l	m	i	c	h	a	u	x	n	o	a
i	j	p	u	q	r	s	t	u	v	a	w	x	l	m
r	u	t	e	b	e	u	f	g	r	e	y	z	a	b
e	c	k	g	i	d	i	h	o	r	l	i	j	v	k
q	s	d	l	a	f	o	n	t	a	i	n	e	r	l
o	e	m	n	r	p	r	o	s	t	o	u	s	e	v
p	o	n	g	e	d	a	j	o	i	b	s	g	n	y

2. **Certains poètes se sont illustrés dans d'autres genres que la poésie. Complétez les pointillés avec les noms de la liste ci-dessous :**

Gautier – Musset – Claudel – Hugo – Rabelais – Cros – Voltaire – Prévert – Aragon.

a. .... est aussi l'auteur de pièces de théâtre, comme *Le Soulier de satin*. (Sa sœur, Camille, disciple d'Auguste Rodin, fut une célèbre sculptrice.)

b. .... est l'un des plus illustres philosophes des Lumières. Il est l'auteur de *Candide*, de *Zadig* ou encore de *L'Ingénu*.

c. .... fut le scénariste de quelques-uns des chefs-d'œuvre du septième art : *Le Quai des brumes*, *Les Visiteurs du soir* et *Les Enfants du Paradis* de Marcel Carné.

d. .... écrivit aussi des pièces de théâtre *(On ne badine pas avec l'amour, Lorenzaccio)* et une œuvre autobiographique, *Les Confessions d'un enfant du siècle*.

e. .... s'illustra dans le genre narratif. On lui doit notamment un roman historique, *Le Capitaine Fracasse*, et des nouvelles fantastiques comme *La Morte amoureuse* ou *La Cafetière*.

f. .... inventa un appareil qui servait à enregistrer des sons, le paléophone. Au même moment, l'Américain Edison mit au point et breveta un appareil similaire, le phonographe.

g. .... ne fut pas seulement un immense poète. On lui doit aussi des romans mémorables *(Les Misérables, Notre-Dame de Paris)* et des pièces de théâtre *(Hernani, Ruy Blas)*.

h. .... était également romancier. Il écrivit notamment *Aurélien*.

i. .... est l'auteur des romans *Pantagruel* et *Gargantua*.

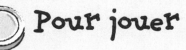

Pour jouer

Avez-vous bien lu ?

236

Horizontalement

1. Immortalisées par la voix d'Yves Montand.
2. Fabuliste du XVIIIᵉ siècle.
3. Idéal féminin célébré par Maurice Scève.
4. L'auteur des *Contrerimes*.
5. Poète du XVIᵉ siècle, membre de l'école lyonnaise.
6. Poète libertin du XVIIᵉ siècle, qui fit l'éloge de la paresse.
7. Caisse toute simple dont Ponge vanta la poésie.
8. Poète belge né en 1899.
9. « Dans Arle, où sont les ... »
10. Ligne poétique.
11. Mouvement qui imprégna les arts dès la fin du XVIᵉ siècle en Europe.
12. L'auteur des *Chimères*.
13. Forme fixe, constituée de deux quatrains suivis de deux tercets.
14. Comparaison sans pareil.
15. Mouvement littéraire tourné en ridicule par Molière.
16. Sépare les hémistiches.

Verticalement

1. Recueil poétique jugé pour immoralité en 1857.
2. Poète-voyou du Moyen Âge.
3. Poète et bricoleur génial.
4. Courant poétique du XIXᵉ siècle qui prône « l'art pour l'art ».
5. Verlaine la qualifie de « bijou d'un sou ».
6. Son bestiaire est un classique.
7. Recueil de poèmes-dessins d'Apollinaire.
8. Surnommée « la Belle Cordière », au XVIᵉ siècle.
9. Courant du XIXᵉ siècle représenté par Hugo ou Musset.
10. Poème lyrique hérité de Pindare, pratiqué par Ronsard et Claudel.
11. Cafard baudelairien.
12. Fleur fragile évoquée par Ronsard ou Aragon.
13. Associés aux *Camées* par Gautier.
14. Instrument d'Orphée.
15. « Il a deux trous rouges au côté droit ».

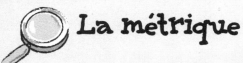# La métrique

Avez-vous bien lu ?

1. **Reliez les vers suivants et le mètre syllabique correspondant. Attention aux « e » muets ! Certains comptent pour une syllabe, d'autres pas.**

   a. « Que les mourants cherchent en vain
      le moment de silence »   □ alexandrin

   b. « Oubliez les heureux »   □ octosyllabe

   c. « Ô Bouteille »   □ hexasyllabe

   d. « Jamais une erreur
      les mots ne mentent pas »   □ pentasyllabe

   e. « Mon enfant, ma sœur »   □ décasyllabe

   f. « La Lune »   □ dissyllabe

   g. « Rivière, fontaine et ruisseau »   □ tétradécasyllabe

   h. « Et pour cela préfère l'Impair »   □ tridécasyllabe

   i. « Et ce qui vient d'elle encor de brume
      et de fumée »   □ tétrasyllabe

   j. « Les sanglots longs »   □ hendécasyllabe

   k. « Et les Muses de moi, comme étranges,
      s'enfuient »   □ ennéasyllabe

   l. « Là, tout n'est qu'ordre et beauté »   □ trisyllabe

   m. « Je vis, je meurs : je me brûle
      et me noie »   □ heptasyllabe

2. **Les propositions suivantes sont-elles vraies ou fausses ?**

   a. Le terme *pied*, réservé à la poésie antique,
      désigne un groupe de syllabes.   □ V □ F

   b. Le quintil est une strophe de cinq vers.   □ V □ F

   c. Les rimes croisées suivent un schéma *abba*.   □ V □ F

   d. Un sonnet est un poème mis en musique.   □ V □ F

   e. Les rimes plates suivent un schéma *aabb*.   □ V □ F

   f. Les rimes embrassées suivent un schéma *abab*.   □ V □ F

   g. Le sizain est un poème de six pages.   □ V □ F

   h. Un tercet est une strophe de quatre vers.   □ V □ F

   i. Le distique est un groupe de deux vers.   □ V □ F

   j. L'hémistiche est une demi-strophe.   □ V □ F

POUR
APPROFONDIR

Thèmes et prolongements

✤ Poésie et lyrisme

Il est souvent question de lyrisme dans ces pages, à propos d'œuvres aussi différentes que celles de Rutebeuf, Villon, Ronsard, Chénier, Lamartine ou encore Apollinaire. Certes, ces univers poétiques sont divers, mais ils se ressemblent par leur tonalité personnelle et leur souffle universel.

Qu'est-ce que le lyrisme ?

Précisons avant tout que si le lyrisme est vieux de plusieurs siècles, le mot « lyrisme » est en revanche assez récent. On l'atteste pour la première fois dans notre langue en 1829. Ce mot trouve son origine dans le mythe grec du poète musicien Orphée. Muni de sa *lyre*, Orphée possédait le don de charmer par son chant mélodieux tout ce qu'il approchait, les êtres comme les choses. Cette étymologie permet de mettre en évidence les trois aspects fondamentaux du lyrisme : musicalité, expression de l'intimité et dépassement dans l'art.

À l'origine, poésie et musique sont liées. Nos premiers trouvères de langue française sont compositeurs et chanteurs autant que poètes, et ils manient aussi bien le luth que l'octosyllabe pour célébrer le sentiment amoureux. C'est aux XIVᵉ et XVᵉ siècles que les deux arts se dissocient. Si, dès lors, la poésie n'est plus ni chantée ni accompagnée d'instruments, elle ne se départira plus jamais d'une recherche de musicalité. Lamartine ou Verlaine, par exemple, en font l'un des principes de leur poésie.

Que subsiste-t-il du mythe d'Orphée quand la poésie n'est plus mise en musique ? Il reste la nécessité pour le poète d'exprimer ses émotions, ses sentiments, ses joies, ses peines... Il ne s'agit pas tant pour le poète de s'épancher dans ses vers que d'y rencontrer l'humanité tout entière, car ce qu'il éprouve, tout homme peut l'éprouver. « Quand je vous parle de moi, je vous parle de vous. [...] Ah ! insensé, qui crois que je ne suis pas toi ! », écrit Hugo dans la préface des *Contemplations*. Le lyrisme est une communion entre le poète et son lecteur, frères humains et fragiles.

Les grands thèmes lyriques

Qu'est-ce qui fait souffrir ou frémir les poètes et les hommes ?

L'un des thèmes les plus féconds est l'amour, qui peut être source de délices, comme chez Breton ou Éluard, ou de douleur, comme chez Scève, Louise Labé ou Aragon. Parce qu'elle est absence d'amour, la solitude inspire Rutebeuf, le poète abandonné, Christine de Pisan, la jeune veuve, ou Musset.

La quête douloureuse du bonheur s'appelle nostalgie chez Du Bellay, désir d'ailleurs chez Mallarmé ou Cendrars, rêve chez Nerval, mélancolie grise chez Verlaine, spleen chez Baudelaire…

La nature est aussi un thème lyrique, en particulier chez les poètes romantiques (Lamartine, notamment), qui voient en elle une confidente, une source de méditation ou de consolation.

Enfin, le thème de la mort inéluctable et irréversible obsède les poètes comme il occupe tous les hommes. Villon, par la voix des pendus pourrissants, rappelle au lecteur sa condition de mortel ; la « Jeune Captive » ivre d'espoir adoucit les dernières heures de Chénier, tandis que le digne Loup de Vigny symbolise la force silencieuse et stoïque. La mort et le deuil frappent aussi ceux qui ont la douleur de rester en vie (Hugo, « Demain, dès l'aube ») et ceux qui comptent les heures en regardant le temps s'enfuir inexorablement (Apollinaire, Ronsard, Cros, Marot…).

La recherche d'un langage idéal

Pour dire l'unicité du sentiment intime avec les mots de tous, le poète recrée et ranime le langage. Images, métaphores et comparaisons comblent la faiblesse des mots galvaudés par l'usage ; anaphores et répétitions mettent du relief dans la platitude de la langue commune ; hyperboles et exclamations traduisent l'excès du sentiment qui déborde… Quand un amoureux étouffe de ne pouvoir dire que « j'aime » avec les mots de tous, Éluard compose « La terre est bleue comme une orange ». Quand un père endeuillé est frappé de mutisme tant les mots échouent à dire sa douleur, Hugo écrit « Demain, dès l'aube ». Là est la supériorité du poète, qui de ses sentiments fait une œuvre d'art.

Pour approfondir

❖ Poésie et engagement

> On imagine à tort le poète rêvassant sous la lune et préoccupé de sa seule personne. Même – et peut-être surtout – parmi les grands poètes lyriques, il s'est toujours trouvé des poètes soucieux de leur environnement social, politique, religieux, et ce bien avant que l'on appelle « engagée » cette poésie tournée vers l'action.

La poésie de la révolte

Force est, une fois encore, d'appliquer un terme récent à un acte poétique très ancien. Le mot « engagement » date de 1945 et désigne, selon *Le Petit Robert*, l'« acte [...] de l'artiste qui, prenant conscience de son appartenance à la société et au monde de son temps, renonce à une position de simple spectateur et met sa pensée ou son art au service d'une cause ».

À l'origine de l'engagement, il y a un dysfonctionnement dans une société qui souffre collectivement. Selon les époques, l'insoutenable peut être d'ordre religieux (intolérance, fanatisme), social (misère, inégalités), politique (guerres, dictatures). Le poète, citoyen ancré dans son époque, est conscient du rôle qu'il peut jouer. Parce qu'il est écouté, diffusé, et qu'il possède ce pouvoir particulier de faire chanter les mots, il consacre ses vers à la lutte contre l'infamie.

Cette lutte n'est pas sans risque, et le poète accepte de payer au prix fort son engagement. Ainsi, Victor Hugo passa dix-huit ans de sa vie en exil dans les îles Anglo-Normandes pour s'être élevé contre Napoléon III. Robert Desnos, engagé dans la résistance contre l'occupant nazi, fut déporté dans le camp de concentration de Buchenwald et mourut dans celui de Terezín.

Poètes en colère

Le poète brandit sa plume lorsque la dignité de l'homme est bafouée. La religion, d'abord, révolte les poètes lorsqu'elle confine au fanatisme et à l'intolérance. Mettre son art au service d'une cause, c'est bien ce que fait Agrippa d'Aubigné dans *Les Tragiques*, alors que les guerres de Religion entre catholiques et protestants ensanglantent le pays. Fervent protestant, il consacre sa vie et sa poésie à dénoncer les horreurs dont sont victimes ses coreligionnaires.

Résolument tourné vers ses frères humains, le poète s'indigne également contre la misère des oubliés de la révolution industrielle, contre les inégalités sociales et le pouvoir qui les ignore. Ainsi, Lamartine et Hugo défendent les déshérités, les parias et les misérables.

La guerre est une autre grande cause d'engagement. Rimbaud condamne implicitement celle de 1870 dans « Le Dormeur du val ». Plus près de nous, pendant la Seconde Guerre mondiale, les poètes Aragon, Char, Desnos, Ponge et Éluard dénoncent la barbarie nazie et son idéologie, insufflent au peuple français colère et espoir pour l'appeler à résister contre l'occupant.

Enfin, dès la fin des années 1930, des voix d'hommes noirs s'élèvent pour dénoncer la politique coloniale française et revendiquer les cultures africaines et antillaises. Ce sont les poètes de la négritude emmenés par Césaire et Senghor. Leur combat est politique autant que poétique.

Plus près de nous, la révolte contre les maux contemporains s'exprime encore dans la chanson, à travers les voix de chanteurs (Vian, Brassens, Ferré, Ferrat, Renaud), de rappeurs ou de slameurs engagés (Grand Corps Malade, Abd al Malik).

Écrire pour persuader

La poésie engagée a une visée argumentative évidente. Le poète tend à persuader le lecteur de la justesse de sa cause pour le faire réagir, voire agir. L'écriture de l'engagement est un art de l'incantation, de l'énumération, de la répétition, du refrain qui martèle le message à retenir (« Celui qui croyait au ciel / Celui qui n'y croyait pas », Aragon). Elle frappe l'esprit du lecteur par des images fortes, des allégories, des métaphores violentes et très sensorielles (par exemple, le sein nourricier saccagé dans le poème d'Agrippa d'Aubigné, ou les orteils puants qui ricanent dans celui de Césaire).

Le poète en colère manie le vers acéré comme un couteau pour défendre, en définitive, un monde plus fraternel, plus juste, plus humain.

Pour approfondir

❖ Poésie et contrainte

> Compter les syllabes, assembler des rimes croisées, alterner rimes fémi-
> nines et masculines, composer deux quatrains puis deux tercets, ou un
> rondeau autour d'un refrain... Ces contraintes, dont les poètes sem-
> blent longtemps se délecter sans songer à les balayer, apparaissent au
> lecteur d'aujourd'hui comme un pesant fardeau. Que n'ont-ils aboli la
> contrainte avant la fin du XIXe siècle, et surtout, pourquoi y reviennent-ils
> toujours ? En somme, la contrainte est-elle vraiment une gêne ?

Une « gêne exquise »[1]

Contrainte : « état d'être trop à l'étroit », « gêne, difficulté », « violence ». Les définitions du *Dictionnaire de la langue française* d'Émile
Littré sont éloquentes : la contrainte serait une servitude. Mais
alors, quel plaisir le poète peut-il trouver à se mettre des entraves ?

Le fait est qu'après Aloysius Bertrand et le poème en prose,
qu'après le vers libre de Rimbaud, on compose encore des alexandrins (Anna de Noailles, Péguy, Aragon) ou des sonnets (« Les
Grenades », Valéry). Le fait est qu'en 1960 un groupe de poètes
et de mathématiciens, réunis autour de Raymond Queneau
sous la bannière de l'OuLiPo, revendique une « littérature sous
contraintes », et définit l'auteur oulipien comme « un rat qui
construit lui-même le labyrinthe dont il se propose de sortir ».

On l'a compris, le poète aime ses chaînes.

Le langage contraint ou l'anti-bavardage

Battons d'abord en brèche une idée reçue : le poème en vers libres
ou en prose reste un poème, soumis à des contraintes que le poète
se fixe lui-même. Certes, la métrique traditionnelle y est assouplie,
voire abolie, mais chaque poème reste un « objet construit »[2], clos
sur lui-même, assujetti à ses propres lois. L'étude du « Cageot » dans
ces pages, par exemple, a permis de mettre en évidence la volonté
de Francis Ponge de créer un objet-poème qui ressemble à l'objet-

---

1. L'expression est de Paul Valéry.
2. L'expression est de Max Jacob.

cageot. La contrainte ne réside ni dans la strophe ni dans le mètre, mais on est là bien loin du bavardage informe.

La contrainte formelle dans laquelle le poète choisit de s'enfermer – c'est la fameuse cage de Prévert – l'oblige à lutter contre le langage ordinaire, celui qui vient comme un flux continu. Contorsionner le langage pour qu'il entre dans la cage (le mètre, la rime, la césure), c'est l'anti-bavardage, car nul, pas même Boileau, ne bavarde en alexandrins rimés.

Contrainte et jaillissement créatif

Non seulement la contrainte formelle est un rempart contre la normalité utilitaire du langage, mais elle est une aide au jaillissement créatif. Là où le mot le plus évident ne convient pas (parce qu'il est trop long, ou trop court, ou qu'il ne présente pas les sonorités voulues), le poète s'efforce d'en choisir un autre, qui peut créer une image inattendue, une parenté heureuse avec les mots voisins.

En poussant la contrainte à son paroxysme, c'est ce jaillissement poétique qu'expérimentent les écrivains oulipiens, en laissant le hasard gouverner le texte *a priori*. Un simple exemple permet de mettre en évidence le pouvoir poétique de la contrainte. Queneau, en 1973, propose de remplacer chaque adjectif, substantif et verbe d'un texte connu par le septième trouvé après lui dans un dictionnaire donné[1]. Et voici les premiers vers de « La Cigale et la Fourmi » devenue « La Cimaise et la Fraction » :

« La cimaise ayant chaponné tout l'éternueur

Se tuba fort dépurative quand la bixacée fut verdie... »

L'image insolite et poétique d'une cimaise chaponnant un éternueur naît de la contrainte même, sans que le poète ait eu à intervenir. La contrainte *fait* la poésie.

André Gide note dans son *Journal* : « Ô servitude volontaire ! L'art naît de contrainte, vit de lutte, meurt de liberté. » On comprend dès lors pourquoi le poète aime ses chaînes.

Pour approfondir

---

1. La proposition de Queneau est une variante de la méthode S+7 énoncée par l'écrivain Jean Lescure en 1961. Elle consiste à remplacer chaque substantif par le septième qui le suit dans un dictionnaire donné.

Vers le brevet

Sujet 1 : « Roman » d'Arthur Rimbaud,
p. 168-169.

Questions

I. Un poème narratif

1. a. Comment les strophes sont-elles groupées ?
   b. Expliquez leur disposition en fonction du titre du poème.
2. a. Relevez les pronoms personnels employés dans le poème.
   b. Qui désignent-ils ?
3. a. Où et quand la scène se déroule-t-elle ? Citez le texte.
   b. Quelle atmosphère est ainsi créée ?
4. Résumez en une phrase chacune des quatre parties.

II. Premiers émois amoureux

5. Vers 1-16 :
   a. Lesquels des cinq sens sont sollicités ?
   b. Relevez deux citations pour illustrer chaque sensation.
   c. Dans quel état d'esprit le jeune homme se trouve-t-il ?
      Quel champ lexical vous permet de répondre ?
6. Vers 17 : quelle figure de style repérez-vous ? Que signifie-t-elle ?
7. Relevez les expressions qui dressent le portrait de la jeune fille.
8. Vers 22 : étudiez les allitérations. Que traduisent-elles ?
9. Vers 24-28 : analysez tous les procédés qui traduisent l'émoi amoureux du jeune homme (figures de style, ponctuation, typographie, etc.).

III. La tonalité du poème

10. À l'aide de l'appareil critique, précisez l'âge de Rimbaud au moment de la composition du poème.

11. Citez trois expressions différentes qui montrent le très jeune âge des amoureux.

12. Combien de fois le mot « petit » est-il répété ? Quelle est sa classe grammaticale ? Donnez sa fonction précise dans chacun des emplois. Quel effet cette répétition produit-elle ?

13. Vers 15-16 :

    a. Quelle figure de style repérez-vous ?

    b. Que traduisent les allitérations en [b], [p] et [m] ?

14. Vers 25-27 :

    a. Que remarquez-vous concernant le rythme et la construction de ces phrases ?

    b. Commentez l'expression « Loué jusqu'au mois d'août ».

15. Comparez la première et la dernière strophe :

    a. Quel effet les ressemblances et les différences produisent-elles ?

    b. Quel vers est répété exactement ? Quelle tonalité ce vers donne-t-il à tout le poème ? Citez d'autres passages où le poète « n'est pas sérieux » et expliquez vos choix.

16. Quelle conception le poète a-t-il du grand amour ? Justifiez votre réponse.

17. Comment le lecteur est-il rendu complice du poète ?

18. Quelle est la tonalité du poème ?

Réécriture

Réécrivez les vers 17 à 24 (depuis « Le cœur fou » jusqu'à « cavatines... ») en remplaçant le présent par le passé et « une demoiselle » par « des demoiselles ». Sachant que les demoiselles sont sœurs, faites toutes les modifications nécessaires. Conservez la disposition des vers et la ponctuation.

Rédaction

Vers 28 : « Puis l'adorée, un soir, a daigné vous écrire... ! »

Écrivez la lettre que la jeune fille adresse au poète, sachant que cette lettre provoque le retour du jeune homme vers les cafés qu'il avait abandonnés pour elle. Vous devrez donc imaginer ce qui déclenche une rupture des amoureux.

Vous veillerez à la correction de la langue.

Petite méthode pour la rédaction

Le sujet prévoit l'écriture d'une lettre, aux caractéristiques formelles particulières. Veillez au mode d'énonciation (c'est un *je* qui s'adresse à un *tu* ou à un *vous*), aux codes de mise en page, aux formules d'appel et de fin, à la signature.

Vous devrez imaginer ce qui provoque la rupture de la jeune fille ou la fuite du jeune homme : la jeune fille est-elle trop pressante, désireuse de se marier ? le père effrayant a-t-il découvert l'idylle des jeunes gens et veut-il y mettre un terme ? a-t-elle fait une nouvelle rencontre sur la promenade ? D'autres motifs sont possibles.

Vous vous efforcerez de rendre le ton grandiloquent et l'exaltation un peu ridicule des jeunes amoureux, sur lesquels Rimbaud ironise dans son poème.

Questions

I. Un texte explicatif

1. a. À quel mode sont la plupart des verbes de ce poème ?

   b. Relevez tous ceux qui sont situés dans les vers 1 à 15.

   c. Quelle valeur ont-ils ?

2. À quel genre d'écrit ce poème vous fait-il penser ?

3. a. Relevez les termes qui permettent de souligner les différentes étapes du portrait. Précisez leur classe grammaticale.

   b. Relevez également deux propositions subordonnées qui ont le même rôle. Quelle est la nature du mot subordonnant qui les introduit ? Déduisez-en la nature des propositions. Puis indiquez leur fonction.

4. D'après son titre, à quelle question ce texte explicatif prétend-il répondre ?

II. L'oiseau et le tableau

5. Donnez un titre à chacune des étapes du portrait : vers 1-12 ; vers 13-24 ; vers 25-30 ; vers 31-39 ; vers 40-45 ; vers 46-48.

6. Vers 25-30 :

   a. L'oiseau est-il peint sur la toile ? Justifiez votre réponse par des citations précises.

   b. Quel est l'effet produit par ces vers ?

7. Quelles attitudes successives le peintre doit-il adopter vis-à-vis de l'oiseau ? Justifiez votre réponse en citant le texte.

8. a. Décomposez le mot « doucement » de façon à mettre en évidence sa formation.

   b. Quelle est sa classe grammaticale ?

c. Relevez d'autres mots appartenant au même champ lexical.

9. Relevez les mots ou expressions appartenant au champ lexical de la nature.

10. En vous appuyant sur vos réponses aux questions 6 à 9, dites quelle atmosphère se dégage de ce poème.

III. Un art poétique

11. a. Au vers 33, le mot « plumes » est-il employé au sens propre ou au sens figuré ?

    b. Quel glissement de sens remarquez-vous aux vers 47-48 ?

    c. Quel sens métaphorique les vers 47-48 donnent-ils à tout le poème ?

12. Finalement, le poème nous apprend-il comment faire le portrait d'un oiseau ? Proposez un autre titre.

13. Vers 4-7 :

    a. Quelle figure de style repérez-vous ?

    b. De quoi Prévert donne-t-il sa conception ?

14. Vers 37-39 :

    a. Lesquels des cinq sens sont évoqués dans ces vers ? Justifiez votre réponse en citant le texte.

    b. Toutes ces sensations sont-elles restituables par la peinture ?

    c. Quel sens donnez-vous ici au verbe « peindre » ?

    d. Quelle figure de style repérez-vous dans ces trois vers ?

15. Que représente l'oiseau dans les vers 16-24 ? De quelle qualité le poète doit-il faire preuve ?

16. Que représente la cage au vers 1 ? Et l'effacement des barreaux, au vers 32 ?

17. Aux vers 41-45 : quelle allitération repérez-vous ? Que traduit-elle ?

18. En vous aidant de vos réponses aux questions 13 à 17, dites ce qu'il faut pour réussir un poème, selon Prévert.

Réécriture

Réécrivez les vers 16 à 27 (depuis « Parfois l'oiseau arrive vite »
jusqu'à « le plus profond silence ») en remplaçant « l'oiseau » par
« les oiseaux » et en conjuguant les verbes à l'infinitif à la deuxième
personne du singulier du présent de l'impératif. Faites toutes les
modifications nécessaires. Conservez la disposition des vers et
n'ajoutez pas de ponctuation.

Rédaction

À votre tour, écrivez en vers libres un mode d'emploi ou une recette
fantaisiste et poétique. Vous annoncerez dans un titre l'objectif de
votre recette.

Petite méthode pour la rédaction

Le sujet préconise l'utilisation du vers libre. Les vers seront donc
de longueur inégale, et les rimes ne sont pas obligatoires. Cette
liberté permet de mettre en évidence certains mots, soit en les
isolant dans un vers court, soit en les plaçant en début ou en
fin de vers. Elle permet de créer des effets de rythme entre vers
courts et vers longs.

Comme dans une recette ou un mode d'emploi, vous utiliserez
soit le mode infinitif, soit le mode impératif, en veillant à ne pas
les mélanger.

Vous veillerez à marquer les étapes du processus au moyen de
compléments circonstanciels de temps.

Vous vous efforcerez de jouer avec les sonorités (allitérations,
assonances) et les figures de style afin de créer un langage
poétique et fantaisiste.

Outils de lecture

Allégorie : figure de style consistant à représenter une idée abstraite par un être animé.

Allitération : répétition d'un même son consonantique dans un ou plusieurs vers rapprochés. Ex. : « <u>T</u>ou<u>t</u> en faisant <u>trott</u>er ses pe<u>t</u>i<u>t</u>es bo<u>tt</u>ines ».

Anaphore : figure de style consistant à répéter un même mot au début de plusieurs vers ou phrases.

Antithèse : figure de style consistant à rapprocher deux mots de sens opposés. Ex. : « Je <u>vis</u>, je <u>meurs</u> ».

Assonance : répétition d'un même son vocalique dans un ou plusieurs vers rapprochés. Ex. : « Il pl<u>eu</u>re dans mon c<u>œu</u>r ».

Ballade : poème à forme fixe composé de couplets, d'un refrain et d'un envoi.

Calligramme : poème dont les mots sont disposés sur la page de façon à former un dessin, généralement lié au thème évoqué.

Césure : pause rythmique au milieu d'un vers.

Comparaison : figure de style qui consiste à rapprocher deux éléments qui se ressemblent (le comparé et le comparant) au moyen d'un outil (comme, tel, pareil...). Ex. : « [Il] s'évanouit comme un <u>rêve</u>. »

Complainte : chanson triste et plaintive.

Élégie : poème plaintif.

Engagement : acte artistique mis au service d'une cause à défendre (sociale, religieuse, politique).

Hémistiche : moitié d'un vers césuré.

Hymne : poème de célébration.

Hyperbole : figure de style fondée sur l'exagération.

Lyrisme : expression des sentiments intimes du poète, associée à une recherche de musicalité.

Métaphore : figure de style qui consiste à assimiler deux éléments qui se ressemblent (le comparé et le comparant) sans outil de comparaison. Ex. : « Que <u>ton vers</u> soit <u>la bonne aventure</u> ».

Mètre : structure d'un vers, déterminée par le nombre de syllabes. Ex. : alexandrin (12 syllabes), décasyllabe (10), octosyllabe (8), hexasyllabe (6), etc.

Néologisme : mot inventé. Ex. : « Il le <u>pratèle</u> et le <u>libucque</u> ».

Ode : poème lyrique structuré en strophes régulières.

Oxymore : figure de style consistant à juxtaposer deux mots de sens opposés. Ex. : « le *soleil* <u>noir</u> de la *Mélancolie* ».

Périphrase : figure de style consistant à remplacer un mot par sa définition ou par une expression équivalente plus longue. Ex. : « la belle et sombre veuve » pour la Louve.

Personnification : figure de style qui consiste à attribuer des traits humains à une chose, un animal, un élément. Ex. : « C'est un trou de verdure où <u>chante une rivière</u> ».

Prose : écriture non versifiée.

Refrain : groupe de vers répété plusieurs fois dans un poème (ballade, rondeau). Dans une chanson, le refrain s'intercale entre les couplets.

Rime : son qui termine un vers et qui crée un écho avec un autre vers situé à proximité.

Rime féminine : rime terminée par un e muet ; **masculine** : terminée par un son consonantique ou vocalique autre que *e*.

Rimes croisées : rimes disposées selon un schéma *abab* ; **embrassées** : disposées selon un schéma *abba* ; **plates ou suivies** : disposées selon un schéma *aabb*.

Rimes pauvres : rimes ayant un phonème en commun (Ex. : sou [<u>su</u>] et fou [<u>fu</u>]) ; **suffisantes** : ayant deux phonèmes en commun (Ex. : furie [fy<u>Ri</u>] et patrie [pat<u>Ri</u>]) ; **riches** : ayant au moins trois phonèmes en commun (Ex. : insensée [ɛ̃s<u>ɑ̃se</u>] et pensée [p<u>ɑ̃se</u>]).

Rondeau (ou *rondel*) : poème de treize octosyllabes (généralement) répartis en trois strophes, construit sur deux rimes et comportant un refrain.

Sonnet : poème de quatorze vers répartis en deux quatrains suivis de deux tercets, obéissant le plus souvent aux schémas de rimes suivants : *abba abba ccd eed*, ou *abba abba ccd ede*.

Stances : strophes structurées sur un même modèle.

Strophe : groupe de vers généralement unis par les rimes (distique, tercet, quatrain, quintil, sizain...).

Bibliographie et discographie

Anthologies

Anthologie de la poésie française de **Georges Pompidou**, Le Livre de poche, 1974.

> ▶ Près de quatre cents poèmes, de Deschamps à Éluard.

Anthologie de la poésie française de **Jean Orizet**, Larousse, 2007.

> ▶ Un panorama sur les poètes du Xe siècle à nos jours, mais aussi sur les écoles et les mouvements poétiques. Une large place accordée d'une part à la poésie francophone, d'autre part à la poésie contemporaine.

La Grande Anthologie de la chanson française, Le Livre de Poche, 2001.

Collections spécialisées en poésie

Collection « Poésie », Gallimard.

Collection « Folio Junior Poésie », Gallimard.

Collection « Poésie », Flammarion.

Sites Internet

Bibliothèque nationale de France : http://gallica.bnf.fr/

Bibliothèque universelle : http://abu.cnam.fr/

Sites dédiés à la poésie :

> ▶ http://poesie.webnet.fr/home/index.html
> ▶ http://www.diplomatie.gouv.fr/fr/enjeux-internationaux/cooperation-culturelle-et-medias/collection-de-textes/florilege-de-la-poesie-francaise/

Écouter

Anthologie de la poésie de langue française par la **Comédie-Française**, 6 CD, Frémeaux et Associés, 2002.

Bibliographie et discographie

Découvrir notamment les albums de : Abd al Malik, Aznavour, Barbara, Bashung, Berger, Brassens, Brel, Cabrel, Chedid, Ferrat, Ferré, Gainsbourg, Grand Corps Malade, Jonasz, Nougaro, Perret, Piaf, Renaud, Sanson, Souchon, Trenet, Vian.

Approfondir

Pour les enseignants :

▶ *Éléments de métrique française* de Jean Mazaleyrat, « Cursus », Armand Colin, 2004.

▶ *Gradus, les procédés littéraires* de Bernard Dupriez, 10/18, 2003.

▶ *La Poésie* de Jean-Louis Joubert, « Cursus », Armand Colin, 2010.

▶ *Histoire de la poésie française* de Jean Rousselot, PUF, 1976.

▶ Site du poète et critique Jean-Michel Maulpoix : http://www.maulpoix.net/index.html.

Pour tous :

▶ *Souvenirs, souvenirs... Cent ans de chanson française,* « Découvertes », Gallimard, 2004.

Crédits photographiques

Couverture   Dessin Alain Boyer

Toutes les photographies proviennent des archives Larbor et des archives Larousse, sauf :

p.182 (Toulet) :	Ph. © MP/Leemage ;
p. 216 (Michaux) :	Ph. © akg-images ;
p. 228 (Césaire) :	Ph. © Dondero/Leemage.

Mentions particulières :

p. 24 (Rutebeuf) :	Bibliothèque royale Albert Ier (Bruxelles) ;
p. 104 (Lamartine) :	musée du Louvre (Paris) ;
p. 116 (Hugo) :	maison de Victor Hugo (Paris) ;
p. 123 (« La Conscience ») :	maison de Victor Hugo (Paris) ;
p. 168 (Rimbaud) :	musée Arthur Rimbaud (Charleville-Mézières) / Ph. Étienne Carjat ;
p. 174 (« Un coin de table ») :	musée d'Orsay (Paris) ;
p. 220 (Prévert) :	Ph. Vals.

Ph. Nadar :

- p. 112 (Vigny),
- p. 127 (Nerval),
- p. 137 (Gautier),
- p. 143 (Baudelaire),
- p. 153 (Banville),
- p. 157 (Cros),
- p. 158 (Mallarmé).

Photocomposition : JOUVE Saran

Impression : Rotolito S.p.A. (Italie)

Dépôt légal : Août 2012 - 309339/09

N° Projet : 11045880 - Octobre 2020